米开朗琪罗
《圣家族》
收藏于乌菲齐宫

花之圣母大教堂的穹顶
（由菲利普·伯鲁涅列斯基设计）

# FIORENZA.

ARNO. F.

| | | | | | |
|---|---|---|---|---|---|
| 1. Porta al prato. | 11. Ponte alla carraia. | 21. S. Maria Madre. | 31. S. Trinità | 41. S. Friano | 51. Palazzo del Duca |
| 2. Porta S. Gallo. | 12. Ponte a S. Trinita. | 22. S. Catherina | 32. S. Pier Maggiore | 42. Il Carmino | 52. Orz' S. Michele. |
| 3. Porta pinti. | 13. Ponte uecchio. | 23. S. Barnaba. | 33. S. Croce. | 43. Camaldoli | 53. Loggia de' Signori. |
| 4. Porta alla Croce. | 14. Ponte Rubaconte. | 24. S. Lucia. | 34. S. Stefano | 44. S. Felice | 54. Corridore |
| 5. Porta S. Nicolo. | 15. S. Maria del fiore. | 25. S. Lorenzo. | 35. S. Onofrio. | 45. S. Giorgio. | 55. Palazzo de' Pitti |
| 6. Porta S. Miniato. | 16. S. Giouanni | 26. Gl'innocenti. | 36. S. Maria delle gratie | 46. Nostra donna del miracolo. | 56. Palazzo de Medici |
| 7. Porta S. Giorgio. | 17. La Nuntiata. | 27. S. Maria Maggiore | 37. S. Nicolò | 47. S. Francesco. | 57. Palazzo de' Strozzi |
| 8. Porta S. Pier Gattolini | 18. S. Marco. | 28. S. Paulo. | 38. S. Gregorio. | 48. S. Gallo. | 58. Fortezza di S. Miniato. |
| 9. Porta S. Friano. | 19. S. Maria nouella. | 29. Ogni santi. | 39. S. Felicità. | 49. Monasterio di Faenza. | 59. Cittadella Vecchia. |
| 10. Porticula del prato. | 20. S. Antonio. | 30. S. Brancatio. | 40. S. Spirito. | 50. S. Steffano in pane. | 60. Cittadella Nuova |

1569.

佛罗伦萨市区鸟瞰图

波提切利
《维纳斯的诞生》
收藏于乌菲齐宫

# 佛罗伦萨市区地图

① 市政厅
② 花之圣母大教堂
③ 巴杰罗监狱
④ 美第奇宫
⑤ 斯特罗齐宫
⑥ 皮蒂宫
⑦ 城塞
⑧ 圣洛伦佐教堂
⑨ 圣十字教堂
⑩ 老桥
⑪ 圣三一桥
⑫ 刑场

波提切利
《春》
收藏于乌菲齐宫

# 佛罗伦萨的女人们

圣马利亚·诺维拉教堂的正面
（由莱昂·巴蒂斯塔·阿尔贝蒂设计）

多梅尼哥·吉兰达约
圣马利亚·诺维拉教堂的托纳布奥尼礼拜堂中的壁画

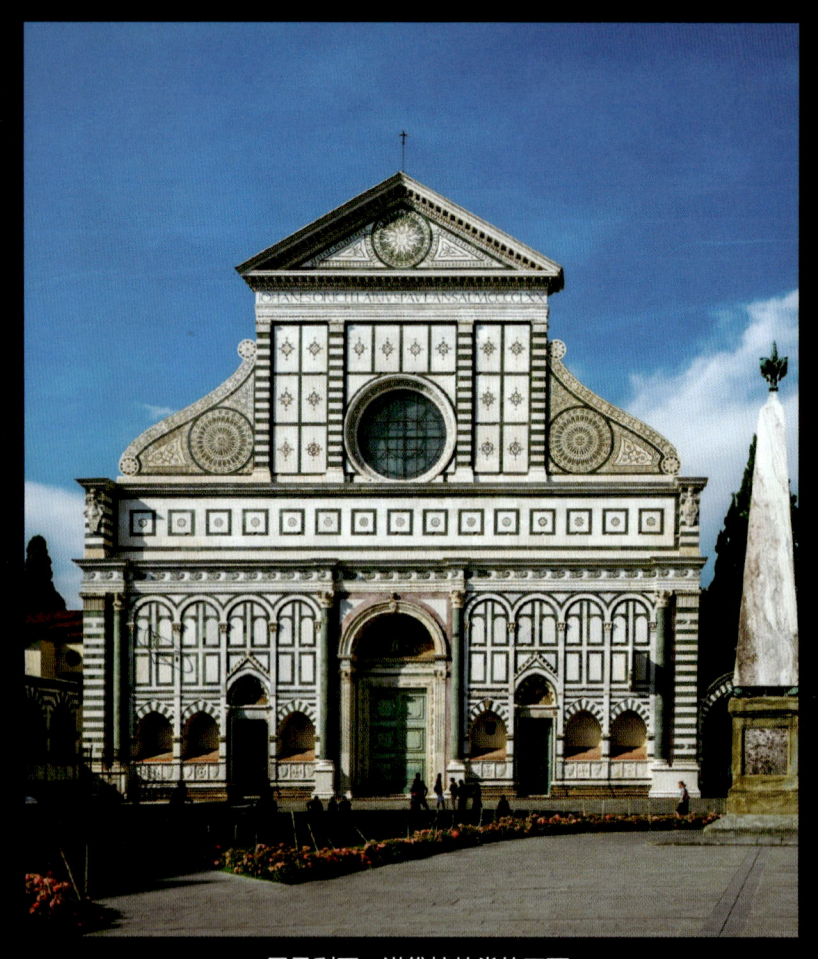

## 佛罗伦萨的男人们

多梅尼哥·吉兰达约
圣马利亚·诺维拉教堂的托纳布奥尼礼拜堂中的壁画

雅各布·达·蓬托尔莫
《柯西莫·德·美第奇的肖像》
收藏于乌菲齐宫

波提切利
《三博士朝圣》
收藏于乌菲齐宫

乔治·瓦萨里
《洛伦佐·德·美第奇的肖像》
收藏于乌菲齐宫

列奥纳多·达·芬奇
《抱白貂的妇人》
收藏于札托伊斯基美术馆（波兰）

列奥纳多·达·芬奇《岩间圣母》
收藏于卢浮宫（巴黎）

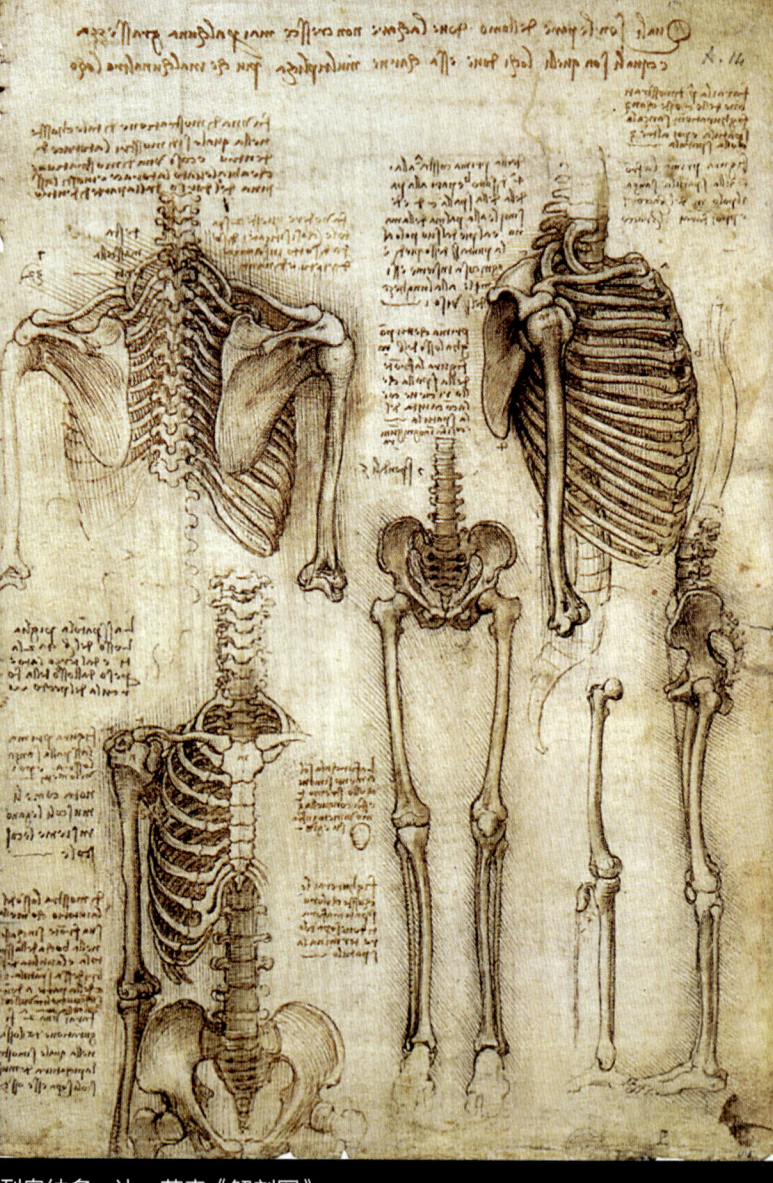

列奥纳多·达·芬奇《解剖图》

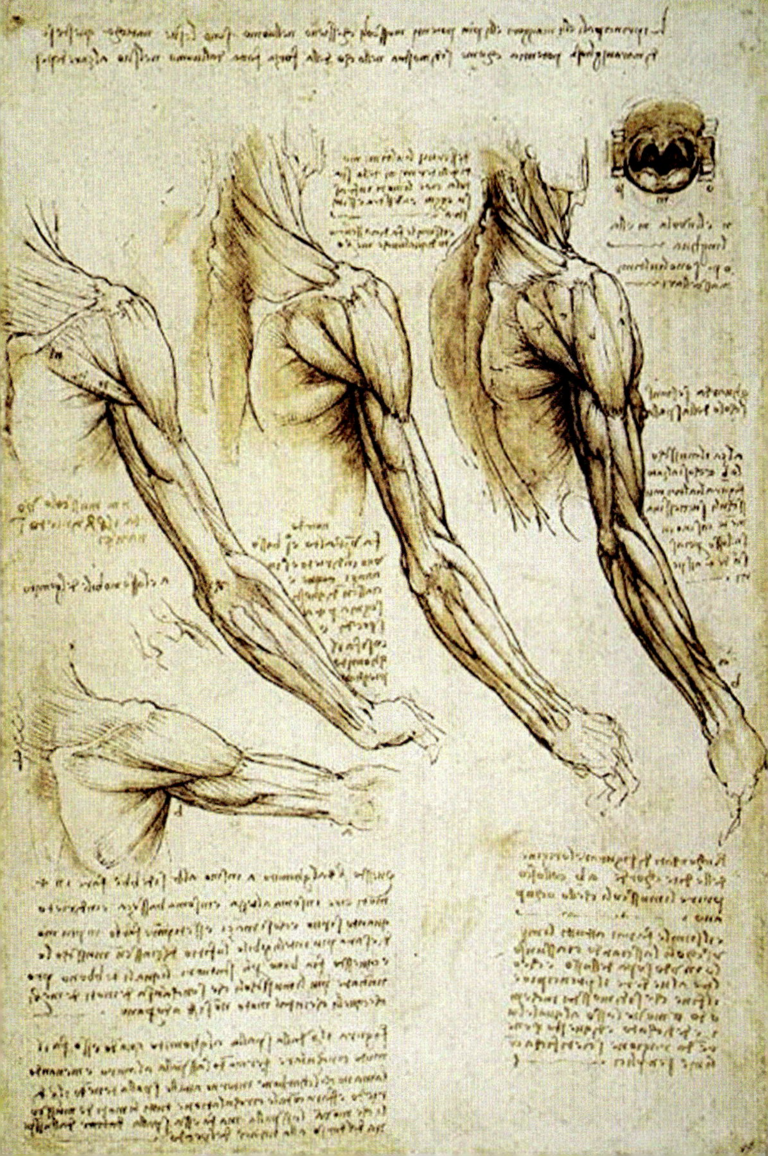

美第奇宫

佛罗伦萨市政厅
（韦基奥宫）

米开朗琪罗

《大卫》

收藏于佛罗伦萨美术学院

# 盐野七生

# 文艺复兴小说

## 马基雅维利的预言

［日］盐野七生 著

于晓菁 译

中信出版集团｜北京

图书在版编目（CIP）数据

马基雅维利的预言 /（日）盐野七生著；于晓菁译 . -- 北京：中信出版社，2022.3
（盐野七生·文艺复兴小说）
ISBN 978-7-5217-3721-9

Ⅰ.①马… Ⅱ.①盐…②于… Ⅲ.①长篇小说－日本－现代 Ⅳ.① I313.45

中国版本图书馆 CIP 数据核字 (2021) 第 221292 号

SHOSETSU ITALIA RENEISSANCE II FIRENZE by Nanami SHIONO
Copyright © Nanami SHIONO 1993
All rights reserved.
Original Japanese paperback edition published in 2020、
2021 by SHINCHOSHA Publishing Co., Ltd.
Chinese translation rights in simplified characters arranged
with SHINCHOSHA Publishing Co., Ltd., Tokyo
Chinese translation rights in simplified characters
copyrights © 2022 by CITIC Press Corporation, China

马基雅维利的预言
著者：　[日] 盐野七生
译者：　于晓菁
出版发行：中信出版集团股份有限公司
（北京市朝阳区惠新东街甲 4 号富盛大厦 2 座　邮编　100029）
承印者：　北京中科印刷有限公司

| 开本：880mm×1230mm 1/32 | 印张：8.5 |
| --- | --- |
| 插页：12 | 字数：160 千字 |
| 版次：2022 年 3 月第 1 版 | 印次：2022 年 3 月第 1 次印刷 |
| 京权图字：01-2021-6231 | 书号：ISBN 978-7-5217-3721-9 |

定价：46.00 元

版权所有·侵权必究
如有印刷、装订问题，本公司负责调换。
服务热线：400-600-8099
投稿邮箱：author@citicpub.com

# 目　录

弗朗西斯修道院　　　　　003

鸢尾花的香气　　　　　　013

半月馆　　　　　　　　　023

美第奇家族　　　　　　　033

晚秋一日　　　　　　　　043

巴杰罗监狱　　　　　　　053

硬石器具　　　　　　　　063

一个解决办法　　　　　　074

皇帝的间谍　　　　　　　084

刑场清晨　　　　　　　　094

特比欧山庄　　　　　　　103

一家团聚　　　　　　　　113

拉斐尔项链　　　　　　　123

冬日晴天下的佛罗伦萨　　133

| | |
|---|---|
| 《春》 | 143 |
| 佛罗伦萨的灵魂 | 153 |
| 一场关于阴谋的讨论 | 164 |
| 暗道 | 174 |
| 反抗美第奇的年轻雄狮 | 184 |
| 丝柏之路 | 194 |
| 叛逆天使 | 204 |
| 远方的光 | 213 |
| 阿尔诺河的另一边 | 222 |
| 主显日之夜 | 232 |
| 两个马基雅维利 | 242 |
| | |
| 后记 | 253 |
| 图片来源 | 262 |

主人公　四十岁不到的年纪

# 弗朗西斯修道院

三个男人都是一副农夫打扮，不但衣裤很"讲究"，而且头上还裹着那种农夫在田间干活时所戴的粗布头巾。毛驴拉着的小货车上堆满了像是刚刚采摘的葡萄，葡萄叶子在罩着货车的粗布下若隐若现。其中一个农夫用钥匙打开了山庄的大门，小货车随之驶入。

林中有一条弯弯曲曲的小道，尽头就是山庄的入口。其中一人熟练地打开了那道沉重的木门。

在这个悄然无声的午后，四周连一个人影都不见。三个男人拿下货车上的罩布，从成堆的葡萄下取出了一样东西，其中二人扛着它一前一后走进了里院。在前面带路的是之前用钥匙开门的那个人。到达里院后，还是他打开了另一扇门。三个男人来到了地下室。

那样东西用粗布裹着，其中一个搬运的人对领头的男人喊道："头儿，如果放在这儿，很快就会被发现的吧？"

"没事儿,说扔在这儿就行了。"

于是,他们把那个被粗布包裹着的东西放了下来。这里虽说是地下室,但并不是普通的地下室。地下室的整面墙贴满了贝壳,还有一个小喷泉,不过已经不再喷水了。整个地下室给人一种身在海底的奇妙感觉,而那个被粗布包裹着的物体犹如水葬后沉入海底的尸体。

刚才说话的男人再一次开口问道:"这儿真的没有一个人会来吗?"

被唤作"头儿"的男人大声回答:"说明天之前不会有人来,下人们都到卡夫乔洛的山庄里去帮忙采摘葡萄了,要到明天才回来。这儿现在只有一个老头儿,不过听说他应该不会过来巡视。"

三个男人从地下室出来后,再次驾起驴车出了山庄大门。一路上,他们只遇到了在树林中快乐飞翔的一群群小鸟。

如果走得快些,在日落前就能通过圣加洛门了。

从北而来的旅人们必须走圣加洛门,它是佛罗伦萨这座城市北边的一道城门,当晚钟敲响时,城门就会随之关闭。

不过,马可并不急着赶路。

他受到了革职三年的处分,现在才过去一年。他已不是威尼斯共和国的元老院元老,也不再是身负密令在威尼斯和土耳其首都君士坦丁堡之间往来的威尼斯外交和军事实际决策机构十人委员会的一员了。马可·丹多洛的处境已今非昔比。

这次旅程没有政府为保护身负要务之人出具的特别身份证明，也不再有威尼斯共和国常驻其他主要国家的大使的接待。

不过，在旅途的终点，也不会再有什么任务等待着他。

无须匆忙赶路，到达之后也不再有任务等候的行程，对马可而言还是平生第一次。

把此次私人旅行的目的地定在佛罗伦萨，其实并没有什么特别的理由。

第一是因为马可已厌倦了维罗纳别院里的宁静生活。被革除公职时，明明那么期待可以好好修养一番身心，但不到一年的时间，这个不到四十岁的男人就再也忍受不下去了。

话虽如此，马可也并不向往威尼斯的社交生活，之前他就对那种光鲜亮丽的生活没有丝毫兴趣。

第二个可以称得上理由的是，他发现虽然各个国家都是独立体，但不论在语言还是风俗方面都差别不大。从西边的英国到东方的土耳其他都如数家珍，却从未去过佛罗伦萨和罗马。如今他时间充裕，正是弥补这些不足的最佳时期。

像马可这样出生在威尼斯的贵族男士，一直把国家事务当作己任，完全不知随心所欲的旅行为何物。年轻时的旅程是为了积攒知识和经验，之后就一直是公务出差。上面吩咐下来去往何处就即刻出发，完全无法自己选择旅行的目的地。

马可一直觉得可以选择自己的旅程终点是出世之人才能拥有的一种奢侈，而如今他或许也算得上是一个出世之人了吧。在被革除公职三年之后，如今这种状态能否结束？或者即使三年之后，人生还是这样继续下去？这都不是马可自己可以决定的事。

不管怎样，至少这几年的时间是完全属于他自己的。去意大利看一看吧，马可这么想。

把佛罗伦萨定为第一站，可以说也是他追随内心的一个自然选择。

作为一个威尼斯人，他对佛罗伦萨的印象就是，两个城市虽同属意大利，但就像性格截然相反的两个人一般。或许正因为如此，德国人和法国人才会常常把这两个城市拿出来比较讨论吧。在习惯了不许一家独揽大权的威尼斯人眼中，佛罗伦萨美第奇家族一手遮天的情况简直无法想象。很多人对佛罗伦萨产生兴趣都是因为这一点，马可正是其中一人。

佛罗伦萨对于威尼斯共和国市民马可来说完全就是外国，不过因为同属意大利，和去土耳其时不同，并不需要通行许可证和停留许可证。威尼斯共和国公民只需出示自己所住行政区的居民证和所属教区神职人员开具的证明就足够了。若是以当初的身份，只要一份政府出具的特别身份证明即可，而如今作为一介平民就得两个证明都有。

行政区颁发的居民证可以证明他是威尼斯共和国公民。驻各国的大使馆以及领事馆，还有被称为驻外经济据点的商行，都有保护持有这个证明之人的义务，就跟我们现在的护照差不多。

教区的证明则证明此人是一位基督徒。这个证明还有令人意想不到的用途，例如若所去之处没有太多设备齐全的旅店的话，常常不得不借宿于修道院，而非基督徒是无法在修道院留宿的。在没有舒适的旅店，以及只有在大城市中才能与外国人进行交流的那个年代，修道院对于旅人而言可是非常重要的存在。

旅途中总会有身体抱恙的时候，国营医院只有大城市才有，其他地区一般都是修道院发挥诊所的作用。

借宿也好，诊疗也罢，当初都是为朝圣者设置的，但后来只要是基督徒，不论贫富都会被收留。hospital（医院）这个词，就来源于意为"招待、接受"的动词。

除了这两份证明以外，马可还有一份文件，那是教区的牧师为他给弗朗西斯修道院院长写的一封信。

"也许对您会有用。"

因为是牧师特意为自己准备的，不能随意丢弃，只好先带着上路，但马可还没有决定是否要用它。如今作为一介平民，或许也会有无法藏身于市井之中的时候吧。在一个人自由自在的旅途中，最大的敌人就是"麻烦"二字。

从维罗纳别院出发，只要沿着意大利半岛南下即可。

马可这次只带了长年照顾他的那对老夫妇的侄子作为随身侍从，后者负责照顾他在途中的起居。这个年轻人虽然年纪不大，但服侍人时手脚却很利落。

因为他们并不赶路，所以骑马而行的只有马可一人，他的仆人则牵着驮着行李的马徒步而行。他们踏上旅程之时，正好是让人不会有慵懒之感的初秋。

只要越过把意大利半岛分为南北两侧的亚平宁山脉，后面就是和缓地环绕着丘陵的下山小道了。佛罗伦萨正位于这个被丘陵四面包围着的盆地之中。

沿着小道顺势而下，拐了几个弯之后，马可不禁勒马驻足。

佛罗伦萨的街景在远方已渐渐显现。在重叠的红色屋顶之间，高耸入云的白色山脊游走于片片红色之中，线条分明，让人禁不住远眺，那矗立着的高大穹顶，一定就是著名的花之圣母大教堂了。

佛罗伦萨的这座第一教堂被称为花之圣母大教堂，正是源于佛罗伦萨的古名，意味着花之都的"Firenze"。

马可勒住缰绳，望着美不胜收的街景，久久没有前进。

威尼斯的城市当然也很美，不过像这样从高处俯瞰，只有云中的鸟儿才能做到。而陆地上的城市，比如米兰、博洛尼亚或是罗马，都是在平地上建造起来的城市。正因为佛罗伦萨位于被丘陵包围的盆地之中，所以才能让人享受到仿佛空中鸟儿般的欣赏视角。

在初秋柔和的夕阳下，马可朝着带给人静谧喜悦之情的花之都再次策马前行。

晚钟已经敲响，预示着城中人一天的工作已经结束，同时也告诉城外人当钟声敲完之时，城门就将关闭。

仆人抬头望向马可，他的意思是如果在城门关闭之前赶一下路也许还来得及进入城市。然而马可无视了这个沉默寡言的仆人的示意。今晚，他想借宿于城外菲耶索莱山的弗朗西斯修道院。

本来的确是计划当天进入佛罗伦萨，在城中的旅店中解下行装的，但马可在远眺佛罗伦萨时突然改变了心意。

就如当人知道心心念念之物已近在咫尺之时，伸出去的手会在不经意间稍稍缩回一样。马可决定使用威尼斯教区的牧师为他写给弗朗西斯修道院院长的那封介绍信。

菲耶索莱山是环绕佛罗伦萨的丘陵中的一座，当初由伊特鲁里亚人开拓出来,所以相比征服了伊特鲁里亚民族的罗马人开发的阿尔诺河畔的佛罗伦萨,它的历史更加源远流长。菲耶索莱山是一座平缓的丘陵,面对佛罗伦萨的那个斜坡正好面朝南方,由富人们捐赠修建的修道院以及佛罗伦萨城中权贵之家的别墅,在夏日郁郁葱葱的绿色之中星星点点闪现其间,形成了一幅美丽的画面。

去往弗朗西斯修道院必须穿过一条两边种满丝柏树的蜿蜒狭窄的小路,走到尽头可以看到一扇被两根又粗又高的石柱守护的坚固铁门。

隔着铁栅栏,能远远望见在树篱中间的小径和教堂正面。仆人拉了一下悬挂在铁门上的链子,四周一片静寂,正好能听到教堂某处的铃声随之响起。

不一会儿,马可就看到一个身着圣弗朗西斯教派独有的褐色教袍的年轻教士穿过树篱小径朝这边走来。隔着铁栅栏,马可把牧师写的介绍信递了进去。教士拿着信返回了教堂,再回来时便为马可打开大门,其间马可一直耐心地等在门外。

当马可看到在教堂的大门前迎接他的修道院院长温和的笑脸时,就知道如果自己只是一个普通人,对方是不会把他当作这样一种麻烦的不速之客的。

"我刚才在菜园里,守门的教士找不到我,所以在院中寻了一圈。"

院长找了这样一个让马可久等的理由。

不过,作为威尼斯共和国谍报机构十人委员会曾经的一员,一切都瞒不过马可的眼睛,他确信对方已把他当作了一个麻烦。当然,马可也早已熟谙如何不让心思显露在脸上。

马可被领入修道院一间简朴的小屋中,小屋干净且舒适。从开着的小窗望出去,首先映入眼帘的是一片菜园,而远处便是森林。

屋中的日常用品都是修道院风格的质朴的木制品,但马可注意到其实每一件都由昂贵的胡桃木中最上等的部分所制。马可看出这家修道院应该是佛罗伦萨城中仅限一小部分人到访的一个隐蔽场所。

一个教士为马可拎来了一桶水。正准备清洗脸和身体时,他注意到清水中隐隐飘出一丝香气,不过他说不清这高雅的香气究竟是什么气味。


马可按照被告知的时间去往食堂,却在途中迷了路。在内院的一处有一扇门,推开门便是食堂,但马可不巧推开了右手边的另一扇门。

这是一个排列着石拱门的露台。拱门的半圆形轮廓犹如画框一般,正好把远处佛罗伦萨的景象如风景画般呈现在人的眼前。夕阳下佛罗伦萨的街景,果然如人们所说的美如梦境。

正在此时,马可听到有人用压得极低的声音说话。由于露台上到处摆放着柠檬盆栽,他只能看见在露台的另一边站着两个男人。

面朝马可坐在椅子上的正是修道院院长,而站在院长面前的男人因为背朝马可,所以看不见脸,但从他短衣下露出的线条优美的笔直双腿可猜出应该是一个年轻男子。

马可轻轻关上了门。在繁茂的柠檬叶子的掩映下,那二人并没有注意到马可曾经来过。

小食堂与这个整洁但并不宽敞的修道院极其相称,屋中四面的灯火照得满室生辉,窄长的餐桌沿着三面墙摆放着,而在没有摆放餐桌的一面,墙上画的是在任何一个修道院的食堂内都可一见的描绘基督与十二门徒最后的晚餐的画。

马可不经意地望向四周时,突然有一只手放到了他的肩上。他回头一看,原来是修道院院长站在身边。蓄着白胡子的院长微笑着说:

"吃饭时得保持安静啊。"

包括院长在内约十五名教士入席就座后,餐桌上还留有一个空位。

当大家俯首垂目祈祷完抬起头时,那个座位上已经有人坐着了。正是那个年轻男子。

# 鸢尾花的香气

马可在熟睡之后醒来,恢复了三十几岁男子应有的体力。

他酣眠一夜不是因为床特别舒适,而是因为这些天的疲劳和修道院的宁静。昨夜的晚餐虽只是粗茶淡饭,但每样菜使用的都是新鲜食材,配上上佳的葡萄酒,疲劳的身躯自然恢复了体力。

马可仰面躺在木床上,也不管嘎吱嘎吱的声响,一次又一次伸展着自己的身体。

"终于恢复体力了。"

正当马可如此心满意足地想着时,有谁轻轻敲响了他的房门。

"主人。"

是那个谦卑的仆人的声音。马可一边回应着,一边从床上跳下来。"看来您休息得不错啊。"仆人说着走进屋,把早餐放到桌上,然后打开了木窗。

明媚的阳光仿佛一直守候在窗外,在打开窗子的瞬间如复仇般射满小屋。已经是日上三竿,随着阳光一起进屋的还有林间小鸟婉转的歌声。

当马可大快朵颐吃着早餐时,在一旁整理床铺的仆人低声说道:

"主人,昨晚这附近好像有人被杀了。"

马可没有停下进餐的动作,问道:

"哦,是吗?是谁被杀了?"

仆人回答是在伙房做饭时从低级教士那边听到的消息,接着说道:

"不清楚是谁。听修道院的教士说,是发生在西面距此五公里左右的一个山庄里,今早才发现的尸体。"

马可心道,倘或我还一听到尸体就大惊小怪的话,可活不到今天了。看到主人不再发问,仆人也就不继续说下去了。

马可快吃完早餐的时候,一个年轻教士拎着一个装满水的桶走了进来。这个教士看上去随和可亲,他微笑着对马可道了早安,然后从口袋里掏出一个小瓶子,往装满水的桶里滴了几滴。小屋里顿时袅袅漾起一丝沁人心脾的香气。

"这个香气真好闻,是什么?"

听到马可这样问,年轻教士再次扬起他灿若朝阳的笑脸回答说:

"先生,这是伊里斯的香气,是由鸢尾花制成的一种香料，一直由市内的圣马利亚·诺维拉教堂制作，只有佛罗伦萨才有。在很长一段时间里，鸢尾花都刻在佛罗伦萨的徽章上。而现在，六个圆球的美第奇家族徽章代替了鸢尾花徽章，更受人关注。"

说起来，距离佛罗伦萨共和制瓦解已经过去了六年，如今的佛罗伦萨完全变成了一个由美第奇家族统治的"君主制"国家。年轻教士仿佛被马可温和的沉默鼓励一般，继续说道：

"其实以前美第奇家族的人也说过喜欢这种高雅的香味，不过如今好像更喜欢东方那种浓烈的香味了。"

如果是从东方而来的浓烈香料，那必是从威尼斯进口后卖到佛罗伦萨的商品之一了。马可无奈苦笑了一下。带着秋日气息的鸢尾花香味与这个舒适静谧的修道院竟然非常契合。

同样的香味，马可昨夜到达时已经从洗漱用的水里闻到过了。当他回忆还在哪儿闻到过时，突然想起就是在食堂的出口处与那个年轻男子擦肩而过之时。

食堂中那个男子正好面朝马可而坐，所以马可把他看了个清楚。

近似黑色的褐色直发及肩，让他那窄长脸更显得消瘦。

他并不是那种典型的美男子。挺拔的鼻梁和瘦削的两颊形成的弧线完全是佛罗伦萨上流社会男子的典型样貌，那性感的厚嘴唇让人觉得在这张脸上不甚协调。他的眼神随意而敷衍，与他自然流露出的高雅举止极不相称。他看上去应该二十多岁，不过表现出的那种稳重感与他的年龄并不相称。晚餐时，那个男子只是仿若不经意地朝马可这边看了一眼，之后就再也没有看过来了。

二人在食堂出口处的相遇不知是不是一个偶然。那个男子给马可让了路，而马可正是在那时闻到了那股鸢尾花的香味，二人之间飘荡着的香气仿佛是在沉默中互相向对方行礼一般。


整装后的马可留下还在整理行李的仆人，想在启程前向院长表达一下让自己留宿一晚的谢意并道别。院长并不在他的房间里，路过的教士告诉马可院长在露台那边。此时，院长的确正在露台上让一名年轻教士帮他一起打理盆栽。听完马可的话，院长说道：

"我认为您今天还是不要出发为好，附近有人被杀了。在骚乱平息之前，您还是留在此地吧。"

马可表现出好像第一次听到有人被杀这件事一般说：

"竟然发生了这样的事。但只是一个人被杀而已，难不成会因此不能进入佛罗伦萨城吗？"

院长停下打理盆栽的动作，盯着马可的眼睛说：

"所有城门都已关闭。听说若没有紧急事务，城里的人无法出来，城外的人也不准进去。"

"真是戒备森严啊。被杀的是什么大人物吗？"

"这个我倒不太清楚，只听说尸体是在学院山庄里被发现的。"

"这个学院山庄，难道是什么特别的地方吗？"

院长的年龄看上去远远超过六十岁，但那丝毫不见衰老之色的伟岸身躯，让人感觉那种暗暗闪烁着光辉的铠甲应该会比教袍更适合他。院长拿着剪刀的手又停了下来，他再一次望向马可，依旧用平稳缓和的语气说道：

"我从威尼斯牧师给我的信中得知，因为您有感于这个乱世，所以现在唯一想做的就是一个人静静地旅行。您应该也没有什么必须尽快进入佛罗伦萨城内的急事吧。您还是在这附近好好散散步吧，这样秋高气爽的天气最适合散步了。下午的祷告结束后，请再到这儿来和我聊聊天吧。"

马可顺从地接受了这个提议。

马可几乎走遍了菲耶索莱山，这次长时间的散步虽然让他感到有些疲劳，但心情却是极其舒畅愉悦的。

已经进入葡萄的采摘期，仅从葡萄田边走过，那芳香就已让人陶醉不已。若是觉得秋日的阳光太过晒人，只要走入丝柏树下的阴凉小道即可。林中也并不是完全照射不进阳光，站在树下正好能感受到天上洒下的和煦阳光。佛罗伦萨不愧是一个南国之都。

从菲耶索莱山上的任何一处，都能望见佛罗伦萨这座城市。那告知时间的钟声，比在近处倾听反而更显柔和。

期待着下午和院长谈话的马可，比约定时刻更早地到达了露台。朝南的宽敞平台上，高大宏伟的排排拱门正好挡住了阳光，而铺在地上的砖块吸收了部分热气，舒服得简直让人想在这儿睡上一觉。这里的确是可以让柠檬盆栽过冬的最佳场所。正如昨天看到的那样，站在这个露台上就能望见整个佛罗伦萨。

随着祷告钟声的结束，院长出现在了露台上。他陪着马可在一张石制长椅上坐了下来。这次只有院长一人。院长用与上午不同的亲切口吻和马可聊了起来。

"您好像不知道学院山庄，要不就从这里说起吧。"

马可仿佛要催促他说下去，点了点头。

"那个山庄属于美第奇家族，在他们拥有的众多别墅中，从豪华程度来说，应该是属于倒数几名的那种简朴类型。不过因为离佛罗伦萨城最近，所以美第奇家的人格外喜欢它，可以说它是和美第奇家族最有缘的一幢别墅了。柯西莫、他的儿子皮埃罗，还有孙辈的洛伦佐都是在那个别墅里去世的。

"那是很久之前的事了，美第奇家族举办的柏拉图学院集会最盛行的时候，应该可以追溯到五十年前了。"

把马可当作富裕的出世之人的院长，以为威尼斯名门丹

多洛家族的成员一定具备相应的文化素养,自然知道柏拉图学院一事。他继续说道:

"那可是些陈年旧事了。洛伦佐是在 1492 年去世的,那一年我刚好成年。这个学院山庄,不仅是美第奇家族,佛罗伦萨的人民对它也是备感亲切熟悉。即使有人不知道美第奇山庄,但只要一说起学院山庄,几乎所有人都会立即想到他们家。"

说起美第奇家族的"豪华者"洛伦佐,即使在他去世时,马可还未出生,也是后来听说过的名人。就算是在将要迈入 16 世纪中叶的威尼斯,只要说起佛罗伦萨,人们就会想到美第奇家族,而说起美第奇家族,就不可能不联想到"豪华者"洛伦佐。在去世后依然被人们竞相传颂的极少数伟大人物之中,即使威尼斯因他吃了不少苦头,大家对他的评价也是一致的。

院长眼望远方,仿佛认识生前的洛伦佐那样,自言自语般地继续说了下去。

"现在回想起来,也就是从洛伦佐去世的 1492 年起,佛罗伦萨这朵大花儿开始慢慢凋谢了。

"之前依靠美第奇家族的贤明统治,佛罗伦萨整个城市充满了活力,几乎拉动了整个意大利的发展。然而那一年之后,便进入了萨伏那洛拉会士统治的疯狂年代。

"我信奉的圣弗朗西斯教派虽然反对萨伏那洛拉带领的多明我会的做法，但恐怖政治这种东西真的是可怕。只因是萨伏那洛拉的命令，那些没有任何是非观念的少年，只要一看到有谁佩戴着什么华丽饰物，马上就会上前扯下来。即使有些人还心存良知，那时也都是谨言慎行，天天躲在家里。

"曾经那般充满批判精神的佛罗伦萨，当时却被一群神棍和盲目追随他们的女子和孩子们占领了。

"这股飓风是在1498年后才开始慢慢消散的。那一年，失去民众支持的萨伏那洛拉被罗马教会革除教籍，并处以火刑。萨伏那洛拉失势后，佛罗伦萨被飓风狂扫时躲在家里的那些人重建统治，然而洛伦佐生前那个充满活力的佛罗伦萨已经一去不复返了。"

说到这里，院长深深地叹了口气，陷入沉默。

"不过，院长，我们威尼斯还是受到佛罗伦萨许多恩惠的。就在最近，威尼斯政府特别招聘的首席建筑师正是生于佛罗伦萨的圣索维诺。"

从院长的意大利语发音就知道他是土生土长的佛罗伦萨人，马可的话击中了他的爱国心。

"还真是，也许我们佛罗伦萨作为一个国家的盛世已经过去，但个人方面依然百花齐放，只不过那些竞相盛开的美丽鲜艳且香气四溢的花朵，大部分都已生长在佛罗伦萨之外了。

"列奥纳多·达·芬奇在遥远的法国结束了一生，而米开朗琪罗基本上一生都没有再回来过。其他那些人，也都在罗马或者威尼斯等地寻找到了适合自己的土壤。"

长期从事政治工作的马可当然能猜到其中一二，但为了保持一个外国来客该有的礼仪，他并没有道出缘由。而他想说的，反而被这位佛罗伦萨的修道院院长说了出来。

"政治的不安定一直消耗着这个国家的经济。如果是在经济发展势头强劲的年代，即使政局上有不稳定因素，也许也还有独自成长的能力，而如今快进入 16 世纪中叶，佛罗伦萨再没有那样的活力了。

"所以不论是学者还是艺术家都纷纷去往国外，这也是无法阻止的趋势。"

这时，马可想起了自己的祖国威尼斯。身为威尼斯共和国市民的提香、委罗内塞、丁托列托等艺术家不但在威尼斯国内享有盛名，在法国和西班牙也是名闻遐迩，他们都没有去往他国。当然，他们也会接受别国君主的定制委托，但他们挥洒灵感的地方一定是自己的国家。不但如此，佛罗伦萨以及他国的艺术家、匠人，也都纷纷移居威尼斯。

也许就是因为威尼斯不但政局安定，而且还有抵抗西班牙及法国那些大国干涉的能力，所以可以在意大利作为唯一的独立国存在下去吧。

而且，除了经济方面，意大利商人独占鳌头的时代已成往事。佛罗伦萨及热那亚商人的影响力在逐渐消退，而威尼斯把资金都投向了手工业，成功地把贸易上的失分在手工业上弥补了回来。

还有一点，威尼斯一直秉承着政教分离的政策，所以即使是罗马教会也难以轻易出手。威尼斯还是一个言论自由的国度。创造活动的源头即精神上的自由，在任何一个领域如果没有自由，又怎能发挥创造力呢？

难道今日的佛罗伦萨已经没有那样一份自由了吗？

如今佛罗伦萨的统治者亚历山德罗公爵，曾经是那么热心地守护、培育着这种意义上的自由，难道不正是因为他身上也流淌着美第奇家族的血液吗？

虽然心中有不少疑问，但威尼斯人马可并没有去纠正院长。一是出于身为客人的礼貌，二是院长那完全不像一生从事神职工作的外貌影响了他。

马可对院长心存好感，而对方也一样，院长甚至欢迎马可随时再来。

那天晚餐时，那个年轻男子没有再次出现。城门都已关闭，马可对此感到有些蹊跷，不过他没有向任何人打听这件事。

第二天早上，马可离开修道院，向佛罗伦萨城出发。

# 半月馆

佛罗伦萨城北面的出入完全依赖于圣加洛门，它与南边的罗马门都是佛罗伦萨的重要出入口，可称得上整个城市的玄关。可为何它给人的感觉却是如此萧条冷寂呢？尽管也是车水马龙、人来人往，但马可注意到那些基本上都是到城里来卖农产品的近郊农民。

海上之都威尼斯的北门，其实就是穿过帕多瓦城的布伦塔河的一个港口。从北面进入威尼斯的访客，在帕多瓦下马，然后乘船沿布伦塔河进入潟湖，最后才在四周充满海水的威尼斯街道上登陆。从南面而来的东洋人也是乘船而来，但一般是在圣马可码头停泊登岸。所以在通商国威尼斯，客户以欧洲人居多。帕多瓦城的港口每天清早都是一片嘈杂混乱。

正因为是海上城市，土地极其珍贵，无法奢侈地作为农地来使用，所以，在威尼斯的街上都是近郊的农民运来的农产品，每天清早港口的嘈杂正来源于此。更何况还有从伦敦和巴黎来的商人,因此在港口听到各国语言已是家常便饭。与船上的情况一样,国际大都市威尼斯的活力,从远离市中心的城门布伦塔河港口开始,就可以强烈地感受到了。

相较之下,作为曾经和威尼斯齐名的一座意大利城市,佛罗伦萨玄关处的混杂情形,却和那种小城街道无甚区别。既没有装满昂贵物品的成队马车,也不见只会说一点点意大利语、一眼就能看出是从他国远道而来的商人们。

佛罗伦萨在城市规模上虽然不及威尼斯,但也是靠金融业和手工业发展起来的,而且在意大利中部是继罗马之后的第二大都市。然而如今却见不到丝毫的异国风貌,完全没有一个国际大都市该有的样子。

取而代之的是格外显眼的警备兵。其中一人手持队旗,上面印染的并不是从前代表佛罗伦萨的鸢尾花,而是象征美第奇家族的六个圆球,为了显示公爵的地位,上面还多印染了一顶王冠。

当看到城门前一排排的人时,马可就做好了花些时间才能通过城门的心理准备,不想警备兵竟轻易让他通过了。

马可朝四周看去,像他一般的外国人都能轻松通过,反而是当地的老百姓被严格询问搜查。那些农民虽然住在郊区,但也算是佛罗伦萨的居民,也许比起外国人,佛罗伦萨的警察和士兵对本国居民更加警戒留意吧。不过即使郊外有人被杀，如此严格搜查也有些过度了。

马可因为当初听说这家"半月馆"属于佛罗伦萨城中较高级的旅馆才特意选了这儿，到达之后才发现它其实也不过是家大众型旅店。一楼是一家供应饭菜的小酒馆，二楼以上就是给客人住宿的房间了，生意看上去倒是不错。

旅店应该是因为比较干净整洁所以生意兴隆，只要一走进房间就知道了。还有一个原因就是老板的性格，关于这一点马可在当天晚饭时才明白。半月馆的老板是一个名叫乔瓦尼的男人，他来到马可的桌边，打完招呼后说道：

"我可以在这儿坐一会儿吗？"

马可点了点头表示同意。老板命服务员拿来了装满葡萄酒的酒壶和铜杯，在马可对面的椅子上重重地坐了下来。

他长得并不高，体格粗壮结实，有一张给人感觉有些目中无人的脸，看上去大概五十出头。几乎半白的乱蓬蓬的头发与下巴上的胡子相连，剩下的那一小部分没有被须发遮住的皮肤，呈现出一种佛罗伦萨人少有的古铜色。

"先生是威尼斯人吧？"

马可简短地回答"是"。

旅店老板乔瓦尼笑了笑。他这一笑，那张本来令人感觉目中无人的脸竟然瞬间变得温和可亲起来。

"虽然我没有去过威尼斯，但还算比较了解威尼斯人，因为我在君士坦丁堡待过很长一段时间。"

"所以你才把这家店取名为'半月'啊。"

马可对与老板谈话开始有了兴趣。把基督教的敌人伊斯兰教的标记当作自己旅馆的名字，马可觉得这男人很有意思。另外，他那古铜色肌肤应该也不是一两天就能晒出来的。

"你是不是在土耳其的首都当过船长啊？"

乔瓦尼听到"船长"这个词咧嘴一笑。

"不不不，我可当不了什么船长，只是拥有几艘小船罢了，帮在君士坦丁堡的佛罗伦萨商人把货物从附近的港口运到君士坦丁堡。只要运到那里，再找从那儿出发到欧洲的威尼斯船只就行了，这样既省钱又安全。

"但后来年纪大了就想到陆地上来了，因为常年在国外，如今回到家乡也只能开开旅店。我就擅长和各种人打交道。"

马可笑了笑，真是一个直率的男人。像这种对待客人一视同仁、性格实在的旅店老板是最好的。他管理下人也是很有一套，从下人们的工作态度就能感觉出来。乔瓦尼不但给自己的杯子加满了葡萄酒，也为马可注满了酒杯，继续说道：

"我挺喜欢威尼斯人的，虽然有些小坏，但能够沟通。比起来，佛罗伦萨人就有点太过一本正经了，所以有时候让人感觉很别扭，我最烦这点了。不知道为什么越正经的人越难相处。"

马可听了不禁笑了出来,这个男人真是一语中的。马可不禁心想,反正这里的饭菜也不错,要不就在这儿多住几天吧。不过,这家小店正好位于人口聚集的圣洛伦佐地区,这是让喜静的马可唯一不太满意的地方。当马可对老板流露想长期停留的想法时,乔瓦尼的回答几乎解决了一半的问题。

"如果您有这样的想法,我倒可以为您提供一个像您这样喜欢'清净'的客人会满意的地方。在圣洛伦佐教堂的后面,我还有一套面对美第奇家墓地的房子,如果您要找安静的住处,那儿正是不二之选。"

于是,马可和仆人到达佛罗萨城的第一天,就成功找到了一个可以解开行李好好休息的地方。虽说是墓地,其实只是面向进入地下墓地的入口而已,而且那儿还有一小片一般墓地上常种的丝柏。

早饭和午饭都由仆人为马可准备,只有晚饭马可会去得稍稍走些路才能到的半月馆。马可不但不觉得麻烦,每天还尤其期待,因为乔瓦尼会回答他的任何问题。其实旅店本身就是一个各种消息进进出出的地方,旅店老板消息灵通也无可厚非。

乔瓦尼对马可也很有好感。当他得知马可旅行的目的并不是做生意,而是随意旅游时,开玩笑说马可在脑子里只有"工作"二字的威尼斯人中还真是个另类。

"在佛罗伦萨可有不少东西值得您一看。"

老板如是说。他是相信马可的话了吗?

马可仿佛漫不经心地向老板问起在学院山庄发现尸体一事。乔瓦尼一听到这事,立即贴到马可身边,压低声音说:

"被杀的是亚历山德罗公爵的得力亲信。"

原来当时把城门关闭并进行严格搜查是因为这个,马可这才有些明白。旅店老板把声音压得更低后继续说道:

"这位公爵不得人心,被杀的那个人更是令人不齿。佛罗伦萨在六年前经历了一场为期一年左右的围攻,至今仍未从当时的打击中完全恢复过来。不单是城市中的工商业,连农村也是一片疲相。可政府却依然拼命征收税金,确切点说是加重了各种苛捐杂税。但从疲惫至极的百姓手中夺取的金钱却都用在了公爵的花天酒地上。被杀的那个名叫拉波的男人正是负责收税的总管,没有一个人对他的被害感到难过。"

"有眉目了吗?"

"还没呢,警察还在拼命搜寻。听说公爵非常震惊,现在外套里面不穿铁护甲都不敢跨出家门一步呢。"

"亚历山德罗公爵及其亲信不得人心的原因仅仅是赋税沉重吗?"

"当然不仅如此。说到底他只不过是在围攻中获胜的神圣罗马帝国皇帝查理五世,即西班牙国王卡洛斯硬塞给战败的佛罗伦萨的一个'君主'而已。所以他的公爵地位,等于拜查理五世所赐。他并非凭借一己之力，而是依靠他人之力爬到这个位置，当然就没有人会对他心怀敬意了。"

"但是，佛罗伦萨人以前不是全心全意支持亚历山德罗公爵吗？毕竟他身体里流淌着美第奇家族的血液。"

"他身体里流淌的血液可不算正统，您知道1478年发生的帕齐阴谋事件吗？"

"如果是说1478年发生的那个著名事件的话，我父亲曾跟我说过。"

"就是那个没错了。当时密谋方原本想谋杀洛伦佐·德·美第奇和他弟弟朱利亚诺，这两个美第奇家族的直系后裔。但是，最后他们只杀死了朱利亚诺，而洛伦佐死里逃生，好不容易保住了一命。事后，人们才知道被杀的朱利亚诺还有一个刚刚出生的私生子。

"洛伦佐·德·美第奇没有多想就把死去弟弟的这个幼子当成了自己的养子。他的名字朱利奥就是洛伦佐给取的。这个朱利奥就是克雷芒七世，直到两年前一直是罗马教皇。既然能当上教皇，肯定脑子是聪明的，但他一出生就碰到那种事，总给人一种阴沉之感，让人捉摸不透。而且这个教皇也有一个私生子。谁都不知道孩子的母亲到底是何人，很多人都谣传是教皇染指了什么黑人奴隶才有的这个孩子。而那个孩子正是现在佛罗伦萨的亚历山德罗公爵。"

"教皇的私生子一般是很难正式当上'君主'的吧，难道这在佛罗伦萨没有什么影响吗？"

"的确很难，即使在佛罗伦萨也不是那么轻而易举的事，但官方宣称他是英年早逝的乌尔比诺公爵的私生子，不过大家都知道他其实是教皇克雷芒七世的儿子。

"美第奇家还有一个私生子，名叫伊波利托，他是洛伦佐·德·美第奇的三个儿子之一朱利亚诺的私生子。这个伊波利托比亚历山德罗年长两岁，同为私生子，当然年长的在争夺继承者身份时会更有利。

"但是，亚历山德罗成了乌尔比诺公爵的私生子的话，他俩就完全不在一个等级了。乌尔比诺公爵是洛伦佐·德·美第奇长子皮耶罗的长子，这样亚历山德罗就变成美第奇家族的直系后裔了。就算都是私生子，直系的即使年龄排行在下也是更有优势的。人们都说伊波利托成为红衣主教，是教皇克雷芒七世为了把他从继承者的竞争中除去的一个策略，而内心郁闷不堪的伊波利托也在一年前突然原因不明地病死了。大家都说若论作为'君主'的能力，伊波利托可远远在这位之上。"

说到此处，旅店主人把酒杯再次斟满，一口气喝了下去。

"即使亚历山德罗面前已经没有任何对手，但他没有什么能耐，作为父亲也还是无法放心。于是，教皇向查理五世提亲，让亚历山德罗娶了查理五世的私生女。西班牙国王为了卖一个人情给教皇自然欣然接受。就这样，玛格丽特成了亚历山德罗的夫人，而亚历山德罗也就成了欧洲最强君主查理五世的女婿，完全没有因为他的出身不明而受到影响，成功坐上了佛罗伦萨统治者的宝座。所以臣民们心里对他并不爱戴，也不是很难理解吧。"

马可谨慎地措辞：

"美第奇家族就没有其他男子了吗？"

"不，还有两个，洛伦奇诺和柯西莫。二人的母亲索德里尼和萨尔维亚蒂都出身佛罗伦萨的名门，所以他们的出生都是一清二白的。不过，虽然二人都是嫡子，但父亲那边只是美第奇家族的旁支。洛伦奇诺应该有二十二岁，柯西莫只有十七岁，而亚历山德罗公爵已经二十六岁了。"

"人们对那二人的评价又如何呢？"

"虽说性格完全不同，但据说这二人都是很不错的。不过终究还是敌不过明明是私生子却对外宣称有着美第奇家族正统血统，一直有教皇克雷芒七世作为后盾的亚历山德罗。

"直系和旁支难道就这么不同吗？像美第奇家族的女儿卡特琳娜不就嫁给了法国国王的第二个儿子亨利吗？据说在法国，大家都按法式叫法叫她'卡特琳娜·德·美第奇'呢。"

马可稍稍以从政者的经验说了下自己的意见：

"亚历山德罗的确不得民心，但一旦成为君主，任谁都是很难轻易获得民心的。"

半月馆老板压低声音继续说：

"那可不是。您见过他一次就知道是怎么回事了。他那副样子完全看不出是二十六岁,整天只知道饮酒作乐,再加上性格阴险残忍,背地里大家都叫他暴君。佛罗伦萨也真是可悲,这个花之都已被踩躏得不成样子了。我常年在外终于回到祖国,不想祖国竟到了这副田地。以前即使是土耳其人,只要听到佛罗伦萨也会心怀敬意呢。"

这个半月馆老板因为马可是外乡人而一吐为快。第二天是节日,他邀请马可一起去花之圣母大教堂做弥撒。马可听说美第奇全家也都会到场,不由得心动。

# 美第奇家族

佛罗伦萨的花之圣母大教堂与威尼斯的圣马可教堂一样，都是城中首屈一指的教堂。但从威尼斯人马可的角度来看，圣马可教堂就是有威尼斯的味道，而花之圣母大教堂则完全是佛罗伦萨风格的一座建筑。

圣马可教堂里那些历年添加上去的雕像和油画，虽然没有什么一贯的排布逻辑，但不可思议的是它美得和谐。而这座佛罗伦萨第一教堂，虽然也是经过多年修建才得以建成，但一眼就能看出它有统一的风格。这种不同，只要一踏进教堂内部，就能强烈地感受到。

威尼斯的圣马可教堂，即使里面空无一人也是那么美丽。但人只要一多，就算马可是威尼斯人也会觉得有些透不过气来。相反，花之圣母大教堂内部空间广阔，如果里面人不多，会让人感到空间过大，有种空荡荡的感觉。但当做弥撒的人填满了这个空间时，这种缺陷就完全消失了。

当马可明白了设计花之圣母大教堂的佛罗伦萨人,在最初设计时就把人们进入后的空间感都计算在内后,真心佩服佛罗伦萨人对美的理解的层次之高。

平民在节日也会穿得比平时鲜艳花哨些,当他们挤满了教堂后,那种完美的和谐感不得不让人点头称是。穿得尤为华丽的便是美第奇家族所坐的那一片了。

虽然男女座席分别在左右两边,但谁都能一眼辨认出美第奇家的人。因为不论是男子席位还是女子席位,最前面的那几排,都由身穿盔甲的士兵守卫,与其他人隔开。

"那就是亚历山德罗。"

与之同来的半月馆老板在马可耳边轻声说道。

在面向祭坛右侧的男子座席中,第一排最左面的那个男人就是他了吧。只见他中等身材,体格结实,稍稍有些胖。不过,第一眼见到他的人最容易注意到的还是他那头黑色卷发与厚厚的有些外翻的红色嘴唇。这就是人们认为他的母亲是黑人的原因吧,马可心道。他的两眼虽然又黑又大,但除了偶尔射出的白光,还是会让人感觉那只是两个空无一物的黑洞。

只有一个男人与这位亚历山德罗公爵亲切地说着话,他坐在公爵右边的座位上,毫无疑问也是美第奇家的人。当他侧过脸,让马可看清时,马可立即就记起了他来。

他就是那个在弗朗西斯修道院中见到过的年轻男子。在教堂石柱的阴影下站着的马可看来，他已经和在修道院时截然不同，一身五彩锦罗华服。一开始马可站在他后面只能看到他的背影，所以完全没有注意，但看见脸时便立即认了出来，那种漠不关心的眼神和在修道院时一模一样。马可对在他身边向导一般一步不离的半月馆老板轻声问道：

"公爵右边的男人是谁啊？"

旅馆老板压低声音回答说：

"那个就是洛伦奇诺。他的父亲出生于美第奇家族的旁支，但母亲却是可以与共和国时代大公匹敌的索德里尼家的小姐。"

在马可继续询问之前，老板为马可介绍起坐在洛伦奇诺右边的另一个年轻人。

"坐在那边的是柯西莫。洛伦奇诺和柯西莫的父亲是堂兄弟，柯西莫的父亲自然也是出自美第奇家族的旁支，不过他可是被称为'黑队乔凡尼'的名将。"

"他的父亲我知道，"马可回答道，"他可是1526年德意志军队大举入侵意大利时痛击敌军，最后英勇战死沙场的勇将。"原来他就是那位勇将的儿子啊，当时这么想的人一定不止马可一人，因为他是与战场功勋无缘的美第奇家族中特别的一员。

不过这个柯西莫完全不像一个普通的十七岁青年，他给

美第奇家族

人的感觉实在是太过老成了。他面朝祭坛，坐在该坐的地方。左边的洛伦奇诺跟他说话，他也只是简短地回答一下。他肩膀厚实，看上去已经成长为一个不错的青年了。不过，这个年轻人的性格，与他那位众人皆知性格豪放的父亲"黑队乔凡尼"总好像不甚相像。他与他父亲相似的地方也许只有体格吧。当想到父亲战死之时他还仅是个孩子，马可不禁对他同情起来，也许是因为马可也是在差不多的年纪失去了父亲吧。

已经完全把自己当作向导的半月馆老板又继续说了下去。当他把美第奇家的男人都介绍完之后，又开始介绍起面向祭坛，坐在左边第一排的美第奇家的女人。

"坐在最右边座位上的就是亚历山德罗公爵在今年六月刚刚举行仪式娶回来的公爵夫人玛格丽特。"

那是一个看上去只有十几岁的年轻女子。虽谈不上什么大美女，但也不算特别丑，只是一个稍显丰满，不容易给人留下深刻印象的小女孩而已。

不过不论她给人留下的印象多么稀薄，而且还是个私生女，她的父亲毕竟是欧洲最强君主——神圣罗马帝国皇帝兼西班牙国王查理五世。那个有着黑色卷发和外翻嘴唇的亚历山德罗不就是因为迎娶了这个流淌着哈布斯堡王朝血液的小女孩，才获得了佛罗伦萨统治者的地位吗？

美第奇家族的亚历山德罗能成为佛罗伦萨的统治者，还得归功于他的岳父。他的岳父查理五世最终还是把佛罗伦萨网罗进了西班牙国王的权力之下。

拼命维持着独立地位的威尼斯共和国，抵抗着势力扩张中的西班牙、法国以及土耳其等大国，在威尼斯有过从政经验的马可·丹多洛对此尤其深有体会。

马可看着那个若不是身裹华服便与普通女孩无甚差别的公爵夫人，一时想得出神，一动不动。然而，旅店老板却完全没有察觉到马可的内心变化，继续说下去。

"坐在公爵夫人左边的那位夫人就是'黑队乔凡尼'的遗孀，也就是柯西莫的母亲玛丽亚·萨尔维亚蒂。"

马可随着介绍朝那边望去，只见在那个穿着华美衣裙的小女孩身边，的确有一位一袭黑衣、头罩灰色薄纱的妇人，她的脸隐藏在面纱下看不真切，但马可可以强烈感受到从她背影渗出的那种欲诉还休的寂寞。

半月馆老板也不管马可做何反应，继续说：

"她不仅嫁给了美第奇家族成员'黑队乔凡尼'，而且她本人身上也流着美第奇家族的血液。她是洛伦佐·德·美第奇的女儿和雅各布·萨尔维亚蒂之女，相当于洛伦佐的外孙女。她嫁的虽说是美第奇家的旁支，也算是美第奇家族，他们婚后生下的儿子就是柯西莫。"

与美第奇家族如此渊源深厚，而其父又是佛罗伦萨金融大亨萨尔维亚蒂，为何她的周身还蕴绕着挥之不去的忧愁呢？这个疑问久久盘旋在马可心头。旅店老板依然自顾自地往下说，连声音听上去也变得愉悦起来。

"您看坐在左边的那位是不是个大美人？她是洛伦奇诺的妹妹，都说她是美第奇家族中首屈一指的美女。她在很年轻的时候就嫁进了萨尔维亚蒂家，年迈的丈夫不久之后就去世了，她成了寡妇。本来她得一直穿着丧服，但她那么年轻貌美，听说应男人们的恳求，她可以服丧一年就脱下丧服，而萨尔维亚蒂家也应允了。美真是能克服一切啊。"

那位坐在充满寂寥哀怨的中年妇人左边的年轻女子的确称得上国色天香，不过并不是那种完美到令人难以接近的类型，而是让人感觉世上所有烦恼都会远离她的那种出水芙蓉般的楚楚动人。

随着大主教步入，祭坛下的人全体起立，弥撒开始了。圣歌缓缓响起，然后音量逐渐提高直至充满整座教堂。

正在这时，马可感觉有什么碰到了他的腰。当他回头时，禁不住轻轻叫出了声：

"奥琳皮娅！"

她娇艳的笑容可以让罗马所有的高级妓女失色。虽然此时她身着深灰色的素朴丧服，黑色面纱也遮住了脸庞，很容易淹没在节日中华丽的衣香鬓影里，但马可绝不会看错。马可的眼睛无法离开安静地坐在女子席位上画着十字安详地做着祷告的奥琳皮娅。对他来说，庄严的圣歌和主教煞有介事的说教已成了远方响起的伴奏。

在马可的心中有三种完全不同的感情纠缠在一起，如发生了化学反应般引爆了一种不可思议的感情。

任劳任怨地在谍报机构CDX（十人委员会）工作，最后得到的竟然是革除公职三年这样一个不名誉的结局，这些都是拜这个女人所赐。因为奥琳皮娅在威尼斯进行间谍活动时利用了马可。

可另一个念头又浮上心头，难道她当时就没有其他选择了吗？即使她不利用马可，也可以利用别人。难道不应该怪自己轻易陷入情网，太过轻率吗？马可又这样反省。

自己没有憎恨奥琳皮娅的权利，当然也没有原谅她的权利。对于罗马妓女来说，如果她们不做就意味着死亡，所以不得不干。如今的马可已把革除公职的三年期限当成了一个休养期，因此当初憎恨的火焰也被理性之水浇灭。

而第三种感情，就是对她肉体的执念。

与奥琳皮娅度过的日夜，在马可这个男人的身体上留下了深刻印记。从不曾有哪个女人和他那么水乳交融。虽然也知道只要一离开床她就会自由飞翔，不知所终，但只要想起他们在床上的那种如胶似漆，马可的血液就会立即沸腾起来。

不论是弥撒还是美第奇家的人，都在马可的头脑中消失了。坐在女席一角的奥琳皮娅仿佛完全没有感觉到马可那热烈的视线，依然沉浸在自己的祷告中，没有朝马可的方向瞧上一眼。

周围开始渐渐骚动起来，原来弥撒已经结束了。首先退场的是美第奇家的人，而后列席弥撒的其他人也陆陆续续走出教堂。马可的视线无法离开奥琳皮娅。半月馆老板说店里准备了午饭，邀请马可一同过去，但马可拒绝了他，借口说想散一会儿步再回旅店。

人们从教堂里蜂拥而出，想不跟丢奥琳皮娅虽然并不容易，但若是对其每一寸肌肤都了如指掌的话，即使那个女人裹着衣物，只看背影也能识别出来。马可距离她十米左右尾随而行。

这个罗马妓女在这个节日的白天穿过乱哄哄的大街，朝西格诺利亚广场走去。她好像也没有同伴，以不快也不慢的步调在西格诺利亚广场前右转。

马可以为她住在那边，想不到她仍然继续往前走，然后左转进入了保罗·圣马利亚大街，在街道的尽头处又走上了老桥。

当马可正思索着她是否住在阿尔诺河对岸时，走到桥中央的她突然转过身来，脸上漾着笑容。

走得越来越近的马可和奥琳皮娅几乎异口同声地说：

"为什么你也会在佛罗伦萨？"

说完，二人同时大笑起来。此时在马可的心里，之前那三种想法中的前两个早已烟消云散，剩下的就只有那第三个念头了。

奥琳皮娅住在博尔戈·圣雅各布大街鳞次栉比的建筑物中的一幢的顶楼。

打开窗就能望见阿尔诺河，而右下方能看到老桥上来往如织的游人。

二人之间已无需任何语言，对于他们而言连脱衣的时间都是一种浪费。那就待会儿再来欣赏窗外远眺出去只属于佛罗伦萨屋顶的那份美丽吧。

二人都强烈渴望着对方。女人在一波又一波的冲击下欢喜得激动不已，而男人在沉默中得偿所愿，一番云雨之后终于让女人休息。二人都觉得仿佛又回到了在威尼斯的时光。

马可与奥琳皮娅约定明日再见后就出了她的家门。女人希望他能再待一会儿，马可现在的身份已无任何后顾之忧，只是他答应了半月馆老板午饭时会过去。在佛罗伦萨，奥琳皮娅已经不再做妓女，以后任何时候都能见面。

要回半月馆，比起走老桥，走下游处的圣三一桥会更快一些。通过那座桥后往北走，一直走到托纳布奥尼街的尽头，从那儿再往北走一段就是半月馆所在的圣洛伦佐地区了。马可一边回味着留在自己身上的女人香，一边疾步赶往旅店。

虽然已经过了午饭时间，但马可推开门时还是大吃了一惊，平时热闹的半月馆今天却悄无声息。旅店里并非没有客人，午饭也照常供应着，只不过客人和服务员都像皮影戏里的人般没有一点儿声音。一个认识马可的客人，对愕然呆立在那儿的他说：

"一些士兵冲进来把乔瓦尼给带走了。"

为什么，虽然马可没有问出口，但他的表情已表达了他的疑问，另一个客人接着说：

"说他是学院山庄案的凶手。"

这时从厨房深处传来乔瓦尼妻子的痛哭声。

# 晚秋一日

只有和妹妹在一起的时候才是感到最治愈的时刻，今天洛伦奇诺也是这么想着。妹妹劳德米尔在为丈夫服丧期间一直待在圣马利亚女修道院里。它所在的法恩扎大街靠近城墙，就在佛罗伦萨的西北边。

从市中心往北走，面向拉鲁加大街的那座建筑物就是美第奇宫了，旁边则是洛伦奇诺的住所。走出家门，在圣洛伦佐教堂处向左拐，在教堂的后门沿着法恩扎大街直走，不到半小时就能到女修道院。若是骑马慢慢逛过去也许一半时间都不用。洛伦奇诺不带仆人，三天走一次这条路。自妹妹初春住在这个女修道院起，这样的单独探访就像钟表走针般准时无误。

对于任何事都不会按计划执行的洛伦奇诺而言，这真的是不常见，而且他没有告诉任何人去见妹妹这件事。无论和公爵之间有多么重要的事情，到了那一天的那个时刻他一定会在大家面前消失无踪。宫廷中亚历山德罗公爵周围的人都说他是去见秘密情人了,洛伦奇诺也没有对大家解释半句。

这是他和妹妹约定好的。妹妹在内心深处是多么期待哥哥的到来,这一点他比谁都清楚。

这也难怪,她还只是个十八岁的女孩。美第奇家旁支的女儿是不可能随便和谁结婚的,嫁进佛罗伦萨名门中的名门萨尔维亚蒂家后,年迈的丈夫不久就作古了。而她少女时代同在女修道院中长大的同龄好友卡特琳娜,因为是美第奇家的直系子孙,远嫁给了法国国王弗朗索瓦一世的次子,成了亨利·德·瓦卢瓦的妻子。她去法国已经三年了。

既没有亲密女友,外出又只被允许去教堂,别的时间围绕在身边的就是修女们,这对一个年轻女孩来说该是多么沉闷乏味的日子啊。

男性亲属的话只有有血缘关系的人才被允许来访问,而使用这个权利的也只有哥哥洛伦奇诺了。二人的父亲皮耶罗·弗朗西斯科·德·美第奇在六年前就去世了,而母亲走得更早。年长四岁的哥哥只想好好守护这个年纪轻轻就失去丈夫并被深锁在女修道院中的妹妹。在二人定好的时间里,准时敲响女修道院的大门,那种超出义务感的感情让这个年轻人热血沸腾。

院子在春天时曾满庭芬芳，但在深秋临近之际比平时看上去更显空旷。围绕着院子的回廊就是兄妹二人的聊天场所了。

其实他们也没有聊什么特别话题。琐碎的街头闲话，还有公爵宫廷舞会上妇人们的服装，女修道院墙外的所有事情对于一个十八岁的女孩来说都很有意思。哥哥一说完，妹妹就开始发表自己的意见。哥哥对妹妹这种通过自己的判断直抒己见的性格十分欣赏，甚至超过了对她清丽可人外貌的喜爱。午后的阳光暖暖地照着二人的脊背，她浓密的栗色长发如蕾丝般摇曳闪亮，年长四岁的哥哥像看着耀眼宝物般眯着眼望着她。每次约定好下一次的访问时间之后，他总会在妹妹清凉的唇上轻轻吻一下。

这座供奉着圣母马利亚的女修道院高高的石墙外的小径，直到两年前还与热闹无比的法恩扎大街相通。在这条街的尽头就是被称作"法恩扎门"的城门了，连接着佛罗伦萨市内与西北郊外。

法恩扎大街依然存在，但行人已急剧减少，因为位于那条路终点的城门已被拆除，取而代之的是注满水的深渠和守卫着四周的城塞。原本要从西北方向去佛罗伦萨郊外的人，现在不得不从城市西面设置的普拉特门或是北面的圣加洛门绕道出行。

这座开阔的城塞是亚历山德罗·德·美第奇公爵命人建造的。为了完成这项巨大的工程，被拆毁的不仅仅是法恩扎门，城门外遍布的村落以及拥有两百多年历史的大型修道院都被强制迁移了。这项建筑工程由建筑师安东尼奥·萨加洛负责。如此大规模的建筑物以不寻常的速度在不久前建造完成。

城塞的外墙建造得又低又宽，与这个大炮时代很是相称。城塞的整体形状为传统的五边形，比一般的城塞要大得多，几乎容得下一整支大队在里面生活。当然一般市民是不被允许进入内部参观的。

公爵把这个城塞取名为"圣乔凡尼城塞"，但市民们却并不那么称呼它。它所在的地方地势低矮，城墙又低，所以大家暗地里把它称作"矮城塞"。人们都觉得亚历山德罗公爵建造它并不是为了抵御外敌、保护市民，而是针对内部敌人，也就是防备佛罗伦萨市民。他们觉得这个城塞不配用"圣乔凡尼"这个名字，因为在意大利语中乔凡尼与施洗者圣约翰同音，而圣约翰正是佛罗伦萨的守护圣人。

因此，被截断、通往"矮城塞"的那段法恩扎大街，佛罗伦萨市民越来越不喜欢去了。一直以来通过墙外传入的人声才让人感觉这个女修道院依然与俗世相连，如今它只能在远离人群的寂寥中遗世独立，这也是无可奈何之事。但这增强了洛伦奇诺去看望妹妹的义务感,更平添了他对身为公爵的堂兄的反感之情。

不过今日和妹妹相见后,他的心情平静而愉悦。洛伦奇诺骑马去往市中心,他让马在法恩扎大街随意前行。胯下之马仿佛感受到了主人的心情,以一种稳健的步调缓步前行着。

不过这个年轻人也知道这样的心情并不会持续太长时间,他常常会被自己胸中燃起的激情弄得无法自持。不,应该说他早在某一刻起就放弃了控制自己内心想法的意愿。这位美第奇家的年轻贵公子完全任由自己被内心的激情控制,做出的事常常让人们惊得目瞪口呆。两年前让全罗马愤怒不已的丑闻,就是源于连他自己也无法解释的激情爆发。

教皇克雷芒七世还在世时,把没有父亲的洛伦奇诺召到了罗马。教皇主动承担起同属美第奇家族的这个年轻人的监护人职责。最初几年,洛伦奇诺在罗马的生活犹如品学兼优的优等生,教皇也很以他为荣。洛伦奇诺一心钻研古典学问,人们都把他当作洛伦佐·德·美第奇以来可以重振美第奇家族文化传统的第二人。洛伦奇诺这个名字本身,犹如洛伦佐名字的缩写,是一个包含了"小洛伦佐"意味的爱称。

不过这种好评也只维持了不到两年的时间。当亚历山德罗在1532年正式被任命为佛罗伦萨公爵后,洛伦奇诺在罗马的生活渐渐起了波澜。而第二年,那个传说其母是黑人奴隶的堂兄，又成功迎娶了欧洲最强君主查理五世的女儿为妻。据说教皇克雷芒七世是亚历山德罗的生身父亲，虽有他的支持，但洛伦奇诺作为长子却依然还没有继承家业，两个年轻人之间的差距已经是天壤之别。

事情就发生在那段时期的一天早上。

年迈的罗马教皇克雷芒七世有早起的习惯，那天他正想对早晨该来服侍却晚到的仆人大发雷霆时，终于来敲响寝室大门的仆人带来的并非早餐，而是一个坏消息。罗马市内君士坦丁凯旋门上雕刻的八个头像，在夜里不知被谁打落了。另外，在这座凯旋门附近的古罗马市中心罗马广场上，两座雕像也同样被打掉了头部。

平日把保护文化当作一己之任的教皇震怒了，罗马民众得知此事后也是群情激愤。罗马市民虽然不是什么文化爱好者，但民间代代相传如果不爱护古代遗物就会遭到神的惩罚。作为罗马之首的教皇，是不可能对这件事放任不管的。

教皇下令抓到犯人后即刻斩首示众。

犯人是谁很快就水落石出了，因为有目击者上报。得知犯人的名字后，教皇惊得目瞪口呆。洛伦奇诺被罗马教皇驱逐出境，返回佛罗伦萨。而佛罗伦萨统治者宝座原来最强劲的竞争对手红衣主教伊波利托已经去世，如今春风得意、君临天下的是亚历山德罗。

比洛伦奇诺年长四岁的亚历山德罗公爵，表面上热情地迎接了如罪犯一般被罗马驱逐回来的年轻堂弟。虽说同属美第奇家族，但因为洛伦奇诺是旁支，父亲那边在驱逐美第奇一族的时期已经财产尽失，而母亲那边的索德里尼家族虽然是佛罗伦萨名门，但财务状况并不乐观。作为贵公子的洛伦奇诺因为没有保护者，连基本的体面也很难维持下去，为了获得年俸维持生计，他成了公爵的跟从。

其实亚历山德罗一直以一种阴险的方式思考着如何复仇。这位卷毛公爵可没有忘记当初住在罗马时，这个年轻堂弟凭借他出众的才华和得体的礼仪是如何让自己显得暗淡无光的，而现在对方却需要自己的保护了，是生是死都在自己一念之间。但这位二十六岁的佛罗伦萨公爵也深知那些了解内情的人正密切注视着他，所以对犹如穷鸟入怀的堂弟，他假惺惺地给予了厚待。

自此之后，洛伦奇诺·德·美第奇就成了这位佛罗伦萨公爵身边不可或缺的存在，至少大部分市民是这么看的。不论去哪儿，在公爵身边都不会缺少洛伦奇诺的身影。当然实际情况如何，也只有两位当事者自己心里最清楚了。

洛伦奇诺回到法恩扎大街，从圣洛伦佐教堂后面绕过，准备走进美第奇宫正门所在的拉鲁加大街，因为此处店铺集中，来往行人较多，所以他重新拉起了缰绳。他瞥见路边站着一些男人，但并没有在意，准备从他们身边走过。

正在此时，那些男人认出了他，瞬间连马带人把他围在了中间。因为市民禁止携带武器，所以那些人手上并没有什么危险之物，但一个个却是杀气腾腾的样子。他们抬头看着骑在马上的这个美第奇家的年轻人，压低了嗓音质问道：

"你们到底准备把半月馆的老板关到什么时候？"

"那个人是冤枉的，不论对方是怎样的无赖恶棍，他都不会去杀人，面对圣母马利亚我也敢这么起誓。"

"公爵到底是怎么想的？你整天和他形影不离，我们可不相信你什么都不知道。"

马的腹部被人顶着，发出悲鸣般的嘶叫声，它想扬起前腿冲出去，但男人们在前后左右夹紧了它，根本无法动弹。

美第奇家的这个年轻人并没有对周遭的危险感到害怕。比起恐惧，他的不快感更加强烈。他恨亚历山德罗，当然并不是因为他热爱佛罗伦萨人民。眼前的这些男人对自己投射出的憎恶，完全就是把自己和亚历山德罗当成同流合污之辈了。不悦之情超出了单纯的不快，转变成一种屈辱折磨着他。这个年轻人粗暴地拉起缰绳，想从这些人中突围出去。

按压着马嘴的一人终于支撑不住摔倒在地并发出一声惨叫。男人们紧张起来，甚至准备把马上的年轻人强行拉下来。洛伦奇诺一时没有被拉扯下来，只是因为站在马两旁的人正好同时在拽他。他当然明白这种奇妙的平衡状态并不会持续太长时间，开始害怕起来。

一边想着心事一边走回住处的马可，看到的正是这样一个场面。他立即就认出了马上的青年是谁，也认出了围着他的正是半月馆里的那些常客。

马可没有丝毫迟疑，他冲进人群，看着那些熟悉的面孔，用坚定的口气说：

"这里就请交给我来处理吧。对乔瓦尼不利的事，大家还是不要做了。"

出入半月馆的这些人都知道旅店老板乔瓦尼被带走的这一星期中，这个威尼斯住客是如何像家人般忧心忡忡。不但如此，他还去监狱看望过乔瓦尼。男人们几乎同时散了开来。重获自由的洛伦奇诺骑着马前行了五六步后，从马上跳了下来，他等待着那个威尼斯男人自己走过来。他想起自己曾在弗朗西斯修道院里见过这个男人。

年轻人拉着马嚼子，和马可并排一直走到能看见拉鲁加大街的地方。年轻人没有问这个刚才救下自己的威尼斯人的姓名，直接说：

"刚才多谢了。为表谢意，若能告知住所，我会让仆人到时接您来寒舍一叙。"

马可的脸上浮现出奥琳皮娅形容的那种能让人在不知不

觉间卸下防备的和煦笑容,回答说:

"我借宿在美第奇家墓地对面的房中。我静待您的邀请。"

与美第奇家的年轻人分手后,马可再度陷入沉思,这次占据他头脑的是另一件事。他和刚才那些逼迫洛伦奇诺的男人想做的事情是一样的,不过和那些佛罗伦萨平民的方式完全不同。马可直到昨天才终于见到乔瓦尼,乔瓦尼的悲惨身影深深烙印在马可心中,让他久久无法平静。这样下去乔瓦尼肯定会死的,马可心想。

# 巴杰罗监狱

马可自己也没想到自己会和半月馆老板被捕一事牵扯如此之深。

乔瓦尼对马可的亲切程度确实超过了一般旅店老板和客人之间的关系，马可对他也的确抱有好感。但是，马可在佛罗伦萨毕竟是外乡人，而且他正是为了能好好享受自由自在的单独旅行才离开了威尼斯。他没有必要去质疑当地居民被牵扯进的事件，和那类事尽量保持距离，才是富裕贵族愉快旅行时该做的事。然而，事情完全朝着马可设想的相反方向推进着。

当然，这和马可本身的性格也有着极大的关系。如果想避嫌，在乔瓦尼刚被捕的时候，他就该马上从半月馆搬去别的旅店，没有人会指责他什么，但马可没有那么做。

不难理解乔瓦尼妻子的惊慌无措，她是乔瓦尼在君士坦丁堡时娶的希腊女人，乔瓦尼回国时，她就跟着他一起过来了，在这个国家除了丈夫以外她没有别的亲人。她和乔瓦尼生有两个儿子，父亲选择回国时，儿子们选择留在出生成长的土耳其成为商人。一个在君士坦丁堡，另一个在土耳其的第二大城市，住在一个大商人的家里，正在学习经商。他们的身份是不允许他们因为父亲的不幸遭遇就抛下一切赶过来的。而且，即使寄信通知他们，从意大利到土耳其也要超过一个月的时间。

乔瓦尼的妻子该是多么绝望呀。这个希腊女人的意大利语原本已经说得不错了，但仿佛她的肉体在一夜之间对意大利语抗拒起来一般，突然变得完全不会说意大利语了，她开口说出的不是希腊语就是土耳其语。而半月馆的常客中能明白这两国语言的只有马可一人。

当然如果仅是如此，马可只要扮演好倾听这个绝望的外乡女人哀叹的角色就可以了。如今马可之所以成为拯救乔瓦尼的头阵人员，是因为他得到了出入半月馆的那些男人的信任。

那些商旅客人以及附近的小店老板，每个人都来对马可倾诉。

"先生，请您为了乔瓦尼帮帮我们吧。"

"那些警察完全不把我们当回事呢。"

"乔瓦尼既正直又开朗，还常常照顾别人，真的是一个好人哪,他绝不会牵扯进那种事的。"

乔瓦尼的妻子央求马可与她一同前往巴杰罗监狱。男人们也说,在现在的佛罗伦萨,如果默不作声、不去争取原来该有的权利,那么这个权利也就没有了。

通过四处打听,大家终于探到了一些原委。

听说发现那个公爵亲信,也就是收税总管拉波的尸体时,遍布全城的警察搜查网同时发现了一个可疑的葡萄酒商人。

在围绕着佛罗伦萨城的城墙上有一个叫作"圣弗雷迪亚诺"的城门,守在这个城门出入口的警备兵们发现一个拉着满载着葡萄酒桶的货车的男人行迹诡异。这个男人一看到堵在城门前的警备兵,就离开了排队进城的队伍,让马车转向与城墙平行的另一条小路上。男人立即被士兵包围,被带到了执勤室。他们剥下了他全身的衣服,在一个内衣口袋里发现了一张小纸片,纸片上写着三个人的名字。一个是不久前在佛罗伦萨军队中的雇佣兵队长,当士兵们突袭他家时发现早已人去楼空。据附近的人说他在五天前就走了,没有人知道他去了哪儿。

第二个是一个毛织品商人。这个男人已经不住在佛罗伦萨了,他在两个月前因为生意关系去往伦敦,据说至少一年之内不会回来。他只对留在家里的人说会有新的葡萄酒送过来。而那第三个名字,就是半月馆老板。

那个可疑的葡萄酒商人的刑讯场所从城门转移到了巴杰罗监狱。他一直坚持说这三个人只是葡萄酒桶的接收人，也完全不知道雇佣兵队长已经动身走人。当被问到他为什么在圣弗雷迪亚诺门前不排队而是去走小道时，他回答说是因为看到队伍很长感觉排队需要花上很多时间，所以想去罗马门，从那儿进入市内。警察对这个回答无法认可。

圣弗雷迪亚诺门是佛罗伦萨西面的一道城门，而罗马门在南边。如果要从圣弗雷迪亚诺门走到罗马门，即使沿着城墙直行，也有相当一段距离。而且如果圣弗雷迪亚诺门有那么多的警备兵在看守的话，与北面的圣加洛门同样重要的佛罗伦萨的南大门，不可能不警备森严，而且罗马门那边的出入人数只会更多。任谁都会觉得安心排队的话，肯定从圣弗雷迪亚诺门进入市区更省时省力。

被这样一问，男人就开始语无伦次起来。拷问之后，男人有的没的就都招了。一队士兵踏入半月馆带走乔瓦尼，是不到一个小时的正午之后。

半月馆老板坚持说他只是订购了新酿的葡萄酒。因为兼营旅店和酒馆，订购葡萄酒当然是工作内容之一。但是当问到乔瓦尼是否认识那个葡萄酒商人时，他却没有给出肯定的回答。他解释说因为要订购的葡萄酒种类繁多，不可能只和认识的人做生意，但这个解释没有解开警察心中的疑惑。通过调查，八人委员会发现进出半月馆的外国人比佛罗伦萨的其他旅店更多，这也加深了他们对乔瓦尼的怀疑。他们拷问了乔瓦尼。拷问方式从轻到重，在这一点上佛罗伦萨和别国无异。

不过即使拷问的种类基本一致，在称呼上佛罗伦萨也有独有的名称。

名为"兹赫利"的拷问刑具是一种把脚夹在中间的装置。慢慢勒紧时，人的脚踝骨会被夹碎。

名为"塔西利"的拷问形式，则是把木片插入指甲下，然后用火点着木片。

而"比及利亚"是把被拷问者穿入一根又高又尖的棒上，它也被称作"肉串拷问"。

"利加涂拉·卡奴比斯"是像滑轮一样的一种装置，它用铁丝网把人的双手绑缚后吊起，一直吊到手腕的关节全部脱臼为止。

"卡佩利"和上面使用的刑具虽然一样，但不是绑手，而是捆扎头发吊起来。这种拷问形式需要头发有一定的长度，所以是针对女性的一种拷问形式。

最常用的还是托拉托·德·克路达，也就是被称作"吊问"的一种拷问形式。它是用铁丝把人的两个手腕捆住，然后用滑轮把被拷问者吊到很高的地方后再突然放下，并反复如此。这种拷问形式已属于较轻的那种了。

那个葡萄酒商人只是被施以这种拷问，就对警察的所有问题都点头承认了。于是，除了两个月前离开佛罗伦萨，如今滞留伦敦，具有铁一般不在场证明的毛织品商人以外，那个消失得无影无踪的雇佣兵队长和乔瓦尼都成了杀害拉波的凶嫌。不对，那个雇佣兵队长因为不知所终，所以所有的追责炮火都集中在了乔瓦尼一人身上。

逮捕后仅过了一周，这位半月馆老板已经经受了除了卡佩利以外的所有拷问形式。即使长年的海外生活让他有一副强壮的身躯，但也经受不住那样反反复复的严刑逼供。即便如此，乔瓦尼依然坚持说他从没见过那个叫作拉波的人。

他们让乔瓦尼与妻子见面并非出于人道主义，而是负责调查的警察们对固执地坚持自己无罪的乔瓦尼已经束手无策，所以希望和妻子见面可以让他早点认罪。在陪同老板妻子来巴杰罗监狱的马可眼中，乔瓦尼可以说已不是一个人，只是一具残破的肉身了。

即使冷静如马可也能感觉到脸上的肌肉变得僵硬了。两手被绑在身后，脚上戴着枷锁跌跌撞撞走过来的乔瓦尼，只有从他布满血丝的双眼才能认出他还是一个人。希腊女人像只小鸟般呜咽不止。

跌倒在地的乔瓦尼，以温柔的眼神望着自己的妻子，保持着那个姿势却朝马可的方向一点点在地上蹭过来。马可不禁跪了下来，一把抱住了这个可怜的男人。男人身上发出的恶臭顿时扑面而来，充满了马可的鼻腔。

乔瓦尼一眨不眨地紧紧盯着马可的眼睛，声嘶力竭地喊道：

"先生，我真的什么都不知道，我什么都没有干哪！"

他只是重复着这句话，而马可能做的只有不住地点头。

当马可问起是否有辩护人时，巴杰罗监狱的长官们只是呆呆望着这个外国人不明所以，因为佛罗伦萨根本就没有赋予所有市民让辩护人给其辩护这种权利。

在当时，米兰是西班牙的领土，罗马是教皇领导的国家，而那不勒斯也已成为西班牙的领土，唯一仍然坚持其独立性的只有威尼斯，与其他意大利国家不同。法律上的公正和平等，是威尼斯共和国引以为傲的一点，其他国家都不得不承认。

在威尼斯，司法机关大致可以分为四个。负责刑事案件的刑事四十人委员会，掌管民事的民事四十人委员会，还有海运国威尼斯独有的海事法庭，以及谍报机构 CDX。海事法庭和 CDX 都是负责处理比较特殊的案子，所以和一般市民相关的司法机关只有负责一般刑事和民事的两个四十人委员会。

若要期待这些机关不被个人意愿左右而发挥其客观作用，

只有把机构组织制定得井然有序。更加倾向于现实主义而不被个人情感产生的所谓善意影响的威尼斯人，没有忘记将对象细分后再设置下级法庭。

有专门受理发生在旅店或酒馆中的争斗事件的部门，也有负责不动产买卖方面的部门以及负责租赁关系方面的部门。只要是在威尼斯共和国居住的人，即使是外国人，也可以向这些部门申诉，而威尼斯也会为被告安排辩护人给予辩护。只要不是叛国罪，像这样没有确凿证据就拷上手镣脚镣拘禁一周以上，而且不分日夜严刑拷打，在威尼斯是绝无可能发生的。

马可认为威尼斯体制是理所当然的，难怪会对美第奇家族统治下的佛罗伦萨的这种状态感到无比愤慨了。他心道，这不是又回到了以土地为权力基础的中世纪封建领主时代了吗？威尼斯和佛罗伦萨所代表的都市国家的核心，不就是抛弃以土地为经济基础的做法，选择以个人头脑和技能来建设国家的从事工商业的都市型人才吗？而这种体制是否能正常运转，其中一点就是看个人权利得到了多大程度的保护。

曾是元老院元老并在 CDX 工作过的马可，在巴杰罗监狱里的这一个小时中，完全看清了佛罗伦萨的司法现状。

在威尼斯共和国，立法、行政、司法机关，甚至是监狱，都位于总督官邸内，立法、行政、司法都相对独立。

与此相反，佛罗伦萨的立法和行政机关位于被统称为韦基奥宫的市政厅内，而司法机关是与巴杰罗监狱分开的。至于监狱，未判刑的因犯被关在巴杰罗监狱的地下大牢里，除了死刑犯以外被判刑的所有犯人，都被收押于离巴杰罗监狱有一段距离、被称作"斯廷格"的监狱中。各个建筑虽然独立，但功能方面却是一片混乱。而最高司法机关八人委员会的工作，只是传达美第奇家族的意见而已。

在佛罗伦萨，不论是立法、行政还是司法事务，都不是由韦基奥宫或巴杰罗监狱来处理，它们只依照面朝拉鲁加大街的美第奇宫的吩咐行事。亚历山德罗·德·美第奇公爵的宅邸，已成了所有机关的信号发源地。

与美第奇家成员洛伦奇诺的相遇，对已将佛罗伦萨的现状看得一清二楚的马可而言，简直就像一件天赐的礼物。在一个组织管理落后，客观准则落实不充分的共同体内，能够依靠的就只有人脉了。马可殷切盼望着洛伦奇诺的邀请，如日课般去往奥琳皮娅家一事也中止了。

但邀请迟迟没有到来。难道说要请我做客这件事，只是名门年轻人的一时兴起吗？马可在担忧中度过了一天又一天。为了制造偶遇，他还去了趟面朝拉鲁加大街的美第奇宫旁边的那座房子，但那座房子一直大门紧闭。面朝拉鲁加大街的窗子，只有最上层的用人房间能看到烛光，而主人使用的一楼和二楼始终窗户紧闭。就这样过了三天,马可猜测美第奇家的那个年轻人外出了。

而在一旁矗立的宏伟的美第奇宫倒是一到晚上就灯火通明,看来主人亚历山德罗公爵是在家的。一直和公爵几乎是形影不离的洛伦奇诺这么长时间不在家,这让无法求证的外国人马可焦虑不安。

马可越来越坐立不安,因为乔瓦尼的判决日就在三天之后,而马可已对美第奇家族统治下的佛罗伦萨法律的公正性完全失去了信心。

当马可看到胸前佩戴着美第奇家族徽章的洛伦奇诺的少年仆人站在门口时,他真是对神灵感激不尽。

# 硬石器具

不知是不是因为邻接着宏伟的美第奇宫,洛伦奇诺的住所显得小巧而紧凑。但一旦推开大门跨入,无论是从一楼到二楼铺就的石梯,还是在内院出口处矗立着的镂雕铁门,都让人真真切切地感受到这不愧是属于佛罗伦萨上流阶层的住所。

没有在豪华方面浮夸地炫耀,只让人感到主人审美品位之高,所有的物事都保养得很好,看不见一星半点的灰尘,甚至挂在墙上的古代大理石浮雕,都发出一种真人皮肤般的光泽,可以以假乱真。这家主人尽管非常年轻,但可以看出他对自己的所有之物很是珍爱。当初马可只看到了洛伦奇诺漫不经心的一面,所以此时此刻感到十分意外。

马可被仆人领着走上楼,只见洛伦奇诺左手正撑着熊熊燃烧的暖炉站着,看到马可便走过来迎接他。

今晚他穿着一件宽松的蓝天鹅绒上衣,腿上是紧致贴身的同色紧身裤，胸前挂着一条银色项链。比起在弗朗西斯修道院中见到的一身黑衣，今天的他显得年轻多了。在花之圣母大教堂做弥撒的时候，他穿的是红白金三色华服，不过今天的这身蓝色显然更适合他那头接近于黑色的褐色头发。

而马可则穿着黑色丝绸衬袄和紧身裤，外面套着一件有着收口阔袖，长至脚部的宽松黑色毛织大衣。他的左肩处垂下一条长长的猩红色披肩，头上戴着一顶没有帽檐的黑色帽子。在威尼斯共和国这是一身贵族穿戴，而那条猩红色披肩更证明了他不仅仅是位贵族，还是有执政权力之人，就算是外国人，只要位于一定阶层以上都是知道这一点的。马可今晚是特意这样穿戴而来。

立竿见影，左手撑着暖炉壁站着的年轻人瞪大了眼睛，因为他之前一直只把马可当作普通商人。不过，他撑在暖炉上的左手还是保持着原样。

"可以请教一下尊姓大名吗？"

马可站在暖炉的正面，面带微笑地回答说：

"鄙人马可·丹多洛。"

美第奇家的这个年轻人一动不动地再次问道：

"是那个丹多洛？"

"对，就是那个大运河边上的丹多洛。"

大运河边上的丹多洛，正是对丹多洛直系的另一个称呼。洛伦奇诺这时才把撑在暖炉上的左手放下，微笑着说：

"原来我是为这样一位大人物所救。"

他的好奇心被重新激起。

"您在家排行老二还是老三?"

"不,我是独子。"

"那您为何会在佛罗伦萨呢?我听说威尼斯贵族家的长子整年都在官邸内忙于政务。"

马可一时不知是否该说实话,但他还是决定先打诨混过去。

"因为威尼斯的贵族越来越多了,所以一部分人就得暂时成为休耕地了,也许他们觉得这样第二年的收获会更多吧。我这样的年轻一辈也不太懂这些。"

洛伦奇诺再度笑了起来。二人在火炉前的椅子上坐下。手脚轻缓的老仆端来了饮料,看上去像是有一定年份的葡萄酒,但应该不是烈酒,丝丝袅袅的香气正飘散在空中,从两侧带有把手的石杯看,酒应该是温好后端过来的,像这样一边闻着香气一边饮酒的方式,马可还是第一次体验。

美第奇家的年轻人,不知是留意到了这个威尼斯人的想法,还是只是觉得向客人介绍一下自家的餐饮是一种待客礼节,说:

"这种葡萄酒在酿造时,加入了鸢尾花的提取物。这是我的喜好之一。"

然后他又以一种对方定会满意却又不甚在意的口吻继续说：

"丹多洛先生，您现在手里拿的可是古罗马人使用过的酒杯哦。"

马可第一次认真看起手里的这件器具。接近于黑色的杯体上有着不甚清晰的条纹，直径六厘米左右，由玛瑙雕制而成，想必价值非凡。洛伦奇诺手里也拿着同样的酒杯，也就是说他拥有一对一千五百年前制造的、至今毫发无伤的古代艺术品。对着瞪大了眼睛的马可，美第奇家的年轻人虽然在用词上依然谦卑，但语气中明显充满了自豪之情。

"这不是我的，应该算是美第奇本家的所有物，但公爵对这类东西毫无兴趣，所以我就拿来使用了。"

竟然用古罗马的器皿来喝酒，即使马可也不敢这么干。听马可这么一说，洛伦奇诺生出一份亲切之感，口气变得更加柔和起来。也许又是马可那种在不经意间可以让初次见面之人敞开心扉的性格特点发生了作用吧。

旁边屋里的餐桌上已经铺好了精巧刺绣的白色麻布餐巾，桌面上犹如天女散花般撒着一些刚剪下的花朵。餐厅的墙壁上有一个雕刻着精致浮雕的木制碗柜，里面摆放着古董似的银质装饰台。餐桌上的盘子、杯子都是饰有美第奇家族纹章的银器。所有的一切都显示着这家主人非比寻常的审美意识。

不过，老仆小心翼翼端上来的餐食却很是简朴。不论是鹰嘴豆汤、烤珍珠鸡，还是在煮过的微苦的奇科里亚野菜上淋橄榄油的那道菜，或是佩科里诺山羊奶制成的奶酪，如果不是盛放在印刻着纹章的银盘中，简直和半月馆提供的饭菜差不多，也许半月馆的量还更多一些。

最不同的该属散发着鸢尾花香气的葡萄酒和用古代银器盛放的点心了吧。那是在杏仁粉做的外皮里包裹奶油，可以一口吞下的一道点心。这种点心与餐后端上来的年份悠久的烈性葡萄酒尤其相配。

当马可回味着点心那考究的味道时，突然注意到餐桌上摆放的食器表面都刻着一些文字。

马可拿起直径二十五厘米左右装着水果的盘子，一边在手里旋转，一边读着上面那些文字。在那个被剜去中间硬石部分、装在银质装饰台上的器皿表面，从左到右刻着 LAV. R. MED 这样几个字母。

洛伦奇诺仿佛在等待着马可读完那些文字一般，当马可看到最后的 D 时，他在餐桌对面用高昂的音调说道：

"这是洛伦佐·德·美第奇的缩写，这些都是那位'豪华者'的所有物。也许他是想表明这些都是他的东西，才刻上缩写的吧。装饰台也是他令人制作的，所以银质装饰台是 15 世纪佛罗伦萨的手工艺品。"

马可再次望向那些器皿。花之都佛罗伦萨的实际君主"豪华者"洛伦佐，应该是把在古董上大大刻下自己的名字这种想法付诸实践的第一人了吧？银质的装饰台上还有以一种优雅的纹路排列镶嵌着的精致宝石，让人感觉到定制者的品位之高。

马可的脸上扬起一丝苦笑。LAV虽说是洛伦佐的缩写，但并不是意大利语的缩写，而是他拉丁名字的缩写。被尊称为"豪华者"的男人，是否在暗地里憧憬着成为一个罗马人呢？

年轻的洛伦奇诺已经掩饰不住那份得意之色，从座椅上站起来，开始一一介绍餐桌上摆放着的其他器皿。那个由硬石所刻、盛着葡萄酒的酒壶，竟然是萨珊王朝波斯人的古代艺术品，它的装饰台和壶口饰品也是15世纪佛罗伦萨工匠所打造的，器具表面同样大大刻着那七个字母。

洛伦奇诺还给马可看了一件不知道该放什么，如今只被当成装饰品的器具，它深蓝的底色上浮现着如地图般的花纹，配有两个把手。盖子和下部也配着精巧的银质装饰品，上面清晰雕刻着由六个圆球组成的美第奇家族的纹章。洛伦奇诺指着器身上雕刻的七个字母说：

"这也是'豪华者'洛伦佐的东西，不过装饰台是我让人做的。"

与其他器具比起来，这件器具上的装饰显得更加繁复。虽然同样都是出自佛罗伦萨匠人之手，但是15世纪后半叶和

16世纪前半叶的作品还是有明显区别的。它看上去是用作装饰，其实真正的作用是保护那个被雕刻后变得极薄的硬石器具，这一点马可还是知道的。

"还有威尼斯产的器具呢。"

听到洛伦奇诺这么一说，马可又是一惊。他想起仆人在餐后端上来的器皿中，有一个五颜六色放着糖果点心的盘子。据洛伦奇诺介绍说那是1200年左右威尼斯制造的糖果盘，它的主体部分由华美的红色硬石雕刻而成，还有用相同材料制成的盖子和两个把手。从依旧刻于其上的那七个字母可以看出，这应该也是"豪华者"洛伦佐之物。在盖子和下部装饰着的银质饰物，雕刻着与刚才那个古罗马时代的器具同样的花纹。不管过去的使用者是古罗马人、萨珊波斯人，还是中世纪的威尼斯人，"豪华者"洛伦佐照单全收，并把装饰台的打制都交给了自己城中的工匠，这样光明正大还真是有趣。不同时代的东西组合在一起，竟然丝毫不违和，这点也确实让人心生佩服。

马可心道，在古代艺术品上大大刻下自己的名字，不仅用来鉴赏，而且加以使用，再添上装饰台和注入器，这位15世纪末美第奇家的洛伦佐，还真不是一个简单人物。所以对于洛伦奇诺后面说出的话，马可自然禁不住点头称是。

"只有缺乏感受力的人才会仅仅因为东西是以前留下的，

就珍藏起来。如果那样就满足的话，不如直接去历史遗迹中捡一些石头回来。我认为古旧且有美感的东西才有被尊重的价值。而且，不是仅把它世代珍藏，而是要与懂的人一起欣赏，分享使用的乐趣，那样才能体味到古董艺术品所能带给人的真正喜悦。

"'豪华者'洛伦佐就是这么做的，他虽然没有直接戴王冠，却是一位真正的君主，我想向他学习。当然倒也没有必要也刻上名字，反正我正式的名字和'豪华者'洛伦佐一样也叫作洛伦佐。"

马可以一种宽容的态度静静听着这位美第奇家族年轻贵公子有些自命不凡的话，并不想嘲笑他。当洛伦奇诺说起下面这些话时，他甚至感到了一种悲哀。

"这些美丽的器具真的不是我的。就在半年前它们还放在可以说是真正的拥有者亚历山德罗那里，也就是旁边那座美第奇宫里。但公爵就是那样一个人，不管对古代艺术品还是祖先曾使用过的器皿他都没有任何兴趣，不过也正因如此这些器皿才没有佚失，得以保存至今吧。如果被贵国的威尼斯商人看上，提出高价收购的话，也许早就不知散落到何处了。

"但也并非没有人看上这些。半年前来访的神圣罗马帝国皇帝兼西班牙国王查理五世的同行者之一，在美第奇家的宴会上就注意到了它们。皇帝听了那人的进言，对女婿亚历山德罗说想要这些器皿。既然是岳父的要求,亚历山德罗自然百依百顺,这些东西差点就去了西班牙。之所以最后免遭此劫,完全就是个笑话。随行中的一人注意到了那七个字母,就悄悄汇报给查理五世说这些都是次品。

"这位神圣罗马帝国的皇帝,在教皇之下,众人之上,拥有着广袤领土。即使是这位欧洲最强君主,他对于美好事物的热爱竟也和佛罗伦萨任何一个普通市民不相上下,完全够不上'豪华者'洛伦佐的一星半点。他竟然认为刻着洛伦佐名字的东西真的就是次品了。当然洛伦佐把佛罗伦萨变成花之都,在欧洲应该是无人不晓的,至少名字应该都知道。

"由于查理五世缺乏这方面的知识,这些器皿得以留在佛罗伦萨。而正好也有人对亚历山德罗灌输了些无用的智慧,所以这批东西最后就到了我家里。我跟公爵说我想保有这些器皿,他只是说了句随便我如何处理,大概他也不想把次品留在身边吧。"

马可听着这些话温和地笑了,他想再一次好好赏玩这些所谓的次品。

当然这个威尼斯男人并没有忘记来这儿的真正目的。和这个美第奇家年轻人的谈话的确让人愉快,但内心深处他其实一直等待着一个转入正题的时机。而这个时机在他们用餐结束,重新回到被暖炉烤得暖烘烘的大厅时,终于出现了。

洛伦奇诺对这位年长的外国友人已经打开了心扉，恢复了与年龄相符的无防备之态。他又取来一件"豪华者"洛伦佐使用过的小壶给马可看，就像普通的年轻人那样，如果不把自己知道的全说出来就会浑身不舒服似的。这件物事也由硬石雕刻而成，据说黄金装饰台是由14世纪威尼斯的工匠打制。这个器物上同样也刻着那七个字母。

马可在火炉前的椅子上坐下，望着好像习惯用左手撑着暖炉壁站立的洛伦奇诺，稍稍改变了下语气提起了那件事。

"我在弗朗西斯修道院住了两晚之后，承蒙半月馆老板的好意，借住在他的一座房子里，那里成为我在佛罗伦萨的住所，有两个月了。多亏了这个叫乔瓦尼的男人，我得以在佛罗伦萨度过一段愉快的时光。但就在十天之前，这个乔瓦尼被逮捕了，说他是杀害了公爵身边一个名叫拉波之人的嫌疑人。因为其他人都有心无力，最后只好由我这个外国人陪同他的妻子一起去巴杰罗监狱，好不容易见上一面。仅仅一周的牢狱生活已经让乔瓦尼惨不忍睹。据说针对他的证据其实少之又少。而且，他看着我跟我说他无罪时的眼神并不像是在撒谎。

"洛伦佐阁下（马可用了洛伦奇诺那个正式的名字），听说您是亚历山德罗公爵身边最亲近之人，您能帮我们跟公爵说一下吗？能否不要拷打逼供，而是去寻找确凿证据来抓捕犯人呢？过几天就要判决了，您能不能不露痕迹地替我们求一下情呢？他也许真的是被冤枉的。这关系到一个人的生命啊。"

洛伦奇诺放下了撑在暖炉壁上的左手，走到离暖炉五六步的地方停了下来。那儿正好位于暖炉和烛光的死角处，马可完全看不清沉默中的这位年轻人的表情。但马可还是紧紧盯着洛伦奇诺隐藏在黑暗中的脸，等待着他的回答。

# 一个解决办法

一个人在二十出头时,要想不让心中的情绪波动完全显露在脸上并不是件容易的事,做不到也是情有可原。洛伦奇诺下意识地从暖炉和烛台带来的光明逃入黑暗,正是因为这件事已经让他烦恼多日了。

离开佛罗伦萨城,被弗朗西斯修道院院长叫去询问也是因为这件事。洛伦奇诺把院长当成亲生父亲看待,院长无法对无罪之人蒙受这样的不白之冤置若罔闻。正是因为关系亲密,二人才展开了一场激烈的争论。

洛伦奇诺说亚历山德罗只是为了杀鸡给猴看,所以才定下了这样一场血祭,至于是不是基于法律的公正裁决,公爵根本无所谓。亚历山德罗并不是想为被杀害的亲信报仇,因为有太多可以替代拉波那样的亲信的人,想仰仗君主鼻息生存之人在任何一个时代都不会少。二十六岁的公爵只是因为有人挑战了他的权威而感到愤怒,因为他的权威并不是靠自己的力量所得，而是源于生父和岳父的背后操作，所以只要威信稍稍受到挑战他就会变得极其神经质。

那样的亚历山德罗，不会明白只有依照公正的法律才能真正确立属于一个君主的权威，跟他说任何正确道理都是对牛弹琴。他一开始就只是想随便抓一个人来血祭，所以被怀疑上的人只能自认倒霉。

在弗朗西斯修道院与院长彻夜长谈之后依然没有什么好办法。而这个美第奇家的年轻人相当纤细敏感，当然也不可能就这样把这件事抛诸脑后。

洛伦奇诺面对一直等着他回答的马可只说了下面这席话。他不想对这个威尼斯人撒谎，也许他并没有吐露全部，但至少他对马可说的都是实话。

"关于这件事，我也听说了。我知道您所说的都是实情，但是这件事上公爵一意孤行，不仅是我，宫廷里任何一个人的意见，他都不会听进去。如果有谁在这件事上多嘴，只会让他不高兴，给自己惹上一身麻烦。

"其实我并没有您想象的那样对公爵有那么大的影响力，公爵只有在品评女人时才会听取我的意见。"

直觉告诉马可这个年轻人对他说的是实话，他明白无论再说什么都已无济于事。马可用一种让对方感觉不到自己内心失望的平静口气说道：

"好的，我明白了。请您原谅我这个受邀来客的失礼之举。"

马可没有幼稚到因内心失望就抵消了这次谈话的愉快，对这个令人愉快的夜晚他仍心存感激，于是用一种沉稳且轻松的口吻继续说道：

"您让我度过了一般旅行者无法享受到的一晚。如果仅仅是古代艺术品也许我不会太过惊异，但竟然可以使用那位鼎鼎大名的'豪华者'洛伦佐使用过的器具来进餐，真不是任何人都会有的运气。关于这些美好'次品'的记忆，我会永远铭记心中。虽然您并不是其真正的拥有者，但您的家族中有像您这样理解这一切的人，即便如我这样的外国人也不得不说美第奇不愧是美第奇。"

洛伦奇诺的脸像被马可真诚的话语拯救了一般再次明亮起来，当然也是因为在气氛变得沉重之后，马可没有再继续深入刚才那个话题的缘故。更重要的是，这个威尼斯男人了解了自己和公爵完全不是一类人，这是他最引以为傲的一点。

洛伦奇诺以年轻人对年长者说话时常有的那种略带任性又急切的口吻说：

"下次请您一定来看一下属于我的一样东西，今天就不给您看了，因为我希望您能在白天有阳光时来欣赏它。"

马可温和地点了点头。他对洛伦奇诺说完"祝您今晚愉快"后告辞离去，而这个美第奇家的年轻人也用拉丁语说了同样的话来告别。马可又想起了那七个字母，他们是不是都喜欢模仿古罗马人呢？他不禁笑了起来。

走出门，佛罗伦萨冬天常见的那种大雾团积成一片，在路边拐角处长明灯的照射下，这个夜晚显得更加模糊不清了。

次日，马可准备去好久没见的奥琳皮娅的住处。这天早上也是大雾弥漫，但接近正午时一下子晴空万里，风和日丽得让人完全感觉不到现在是冬天。

之前已让仆人去通知过她，所以那位罗马妓女一定在等待着自己。马可不想走得太快。

半月馆老板的事依然萦绕在他的心头，但还是一筹莫展。

从圣洛伦佐教堂后面自己的住所到奥琳皮娅暂住的博尔戈·圣雅各布大街有两条路可走。

两条路都是从住所出门后通过一条狭窄小道，一直走到古罗马时代城墙变成的一条大路上，从这儿开始可以往右走，也可以向左拐。

如果是往左走可以欣赏到花之圣母大教堂那八角形的洗礼堂，通过前面的卡利马拉大街就是阿尔诺河了。不过，这座热闹的老桥两侧排列着一间间的肉铺，让人感觉不到在过河，而只是走在道路的延长线上。就这样不知不觉过了桥后，立即右转就是博尔戈·圣雅各布大街了。

这第一条路几乎从佛罗伦萨这座城市的中央穿过。当佛罗伦萨还处于共和国时代时，从艺术家们的工作室到在全欧洲遍布分支机构的银行总行、大商店的总店，都位于这一片儿，鳞次栉比。虽说往昔的荣光已经褪色，但如今这里依然是城市的中心地带。街上熙来攘往，摆满了琳琅满目的外国商品的商店让整条街热闹非凡。在大街中心还有一处买卖食品的市场，它和老桥上排列着的肉铺在同一片儿。

马可每次走过这条街道，看到那些努力生活的人，不仅心生感动，还会萌生出一种愉悦之情。当看到肉铺中堆积如山的冒着热气的猪蹄，还有那一群群穿着朴素的平民女子用大锅煮着鹰嘴豆的景象时，马可总是禁不住会去想象没有充裕时间来做菜的她们那繁忙的日常生活，这会让他内心平静；而想象那些人家啃着猪蹄，喝着漂浮着鹰嘴豆的浓汤的热闹场面，又能让他不禁莞尔。

第二条路也位于城中，距离上相隔不远，但让人感受到的却是佛罗伦萨附庸风雅的一面。

在第一个路口不是往左而是往右走的话就是第二条路了。那是和美第奇比肩的大银行家斯特罗齐的斯特罗齐宫所在的街道，在这座 15 世纪文艺复兴建筑杰作的左手边，就好像被斯特罗齐宫刺激了一样，笔直街道左右两边矗立着的是一幢幢无比豪华的宅邸。路上行人并不算少，但是和卡利马拉大街比起来安静了许多，这条街上骑马的人较多。从这里穿过美丽的托纳布奥尼大街就能看到阿尔诺河了。只要过了圣三一桥，在博尔戈·圣雅各布大街的对面再左转就是了。

因为托纳布奥尼的宅邸在这条街上，所以被叫作托纳布奥尼大街，它真的无比高雅气派。而处于这条大街延长线上的阿尔诺河上的圣三一桥，自然也比摆满了肉铺的老桥更显优雅。

它不像老桥上那样店连着店，也不像上游处的恩宠桥那样桥的两侧尽是礼拜堂和小祭坛。与下游处的卡拉亚桥一样，这只是一座横跨阿尔诺河的桥而已，所以人们一般都是目不斜视地走过这座桥。但对于站在桥上眺望四周的人而言，却能感受到那份属于这座桥的美妙之处。

老桥上的肉铺前拥挤着闹哄哄的人群，可如果保持适当距离从圣三一桥眺望过去，看到的却是一群非常可爱的人营造出的热闹场面。圣三一桥的另一个隐形功效就是处于旋涡中、遇到让人烦扰的事时，可以让人稍稍隔开一段距离后用崭新美好的眼光去看待它。

但人有时候还是会想要远离日常生活。那天马可的心境就是那样，所以他既没有选择第一条路，也没有选择第二条道路，而是选择了从未走过的第三条路。

这条路和市中心的热闹无缘，也没有故作风雅，而是充满了平民气息和乡村味道。

先沿着西边的一条小路前行，一直走到圣马利亚·诺维拉教堂的广场处。

这座大教堂和花之圣母大教堂、圣十字教堂、圣洛伦佐教堂并称为佛罗伦萨四大教堂。后三座教堂的正立面还未完工时，只有圣马利亚·诺维拉教堂算是真正竣工，它的正立面用黑白相间的大理石以一种大胆壮观的手法完成。据说它是15世纪后半叶建筑家阿尔贝蒂的作品。

圣洛伦佐教堂是美第奇家族的墓地，而这个圣马利亚·诺维拉教堂是曾经和美第奇家族权势相当的佛罗伦萨名门卢切莱、斯特罗齐、托纳布奥尼等家族的墓地。它那壮观的教堂正立面正是由卢切莱家捐赠建造的。听说里边墙面上所绘的壮丽壁画是托纳布奥尼家向吉兰达约定制的。今天若想好好欣赏一番的话恐怕会让奥琳皮娅久等，所以还是算了，马可决定过几天再来好好参观一下教堂内部。从圣马利亚·诺维拉教堂右边朝南前行，就到达了架在阿尔诺河上的四座桥中最西面的卡拉亚桥了。

第一次走这座桥的马可，走到桥中央时禁不住停下了脚步。从这儿可以眺望到除了卡拉亚桥以外的另外三座桥相互重叠的景象。

在有着优美曲线的圣三一桥的另一边，是摆满肉铺的老桥，这是从这座桥上可以看到的一道独特的风景线。而在老桥的上游则是排列着礼拜堂和小祭坛的恩宠桥。

佛罗伦萨的几座大桥美得各有千秋，都有让人情不自禁驻足观赏的价值。而下面流淌的阿尔诺河，因其上游和下游两处被拦截，水面犹如湖泊般水平如镜，在岸边甚至能看见垂钓之人，充满了一种令人备感亲切的宁静氛围。

在威尼斯可看不到这样的画面。威尼斯大运河虽然比不上把城市一分为二的阿尔诺河，但驳船如甲虫般来来往往交错行驶，两百吨级的长方形商船也并不少见。大运河上只有一座至今仍是木结构的里亚尔托桥，能让十五米高的桅杆通过的石桥可不是轻易就能建造出来的。而在另一边则是荡漾着海水的潟湖，往来靠摆渡船就行了。

木结构的里亚尔托桥（直至16世纪后半叶才出现了今天看到的石桥）的中央部分为开合桥的形式，就是为了让桅杆船可以通过。海洋都市威尼斯的"河"，同时也兼具着港口的作用。正因为马可是土生土长的威尼斯人，所以会对一座座大桥重叠后的美丽景象感到如此新鲜。

跨过卡拉亚桥进入被当地人称作"阿尔诺河的另一边"的南岸地区后，会发现匠人们的工作室变得更小了，除去普通房屋和零散矗立的如皮蒂宫一般的豪华宅邸，其他的建筑都极其简朴，尤其显眼的就是家家窗户上盖着的布。把布绑在框架上，再用木杆支撑起框架，这就是普通平民家的窗户结构了。整个窗子是开闭式的，该构造可以通过移除支撑杆来从外侧关闭布窗。

一个解决办法

由于玻璃窗在当时很昂贵，除了市政厅和教堂等公共建筑物以外，在玻璃工业并不发达的佛罗伦萨，只有公共建筑和富人家里才用得起。而在玻璃工业是国家重要产业之一的威尼斯，这方面则完全不同。在威尼斯，玻璃是出口产品，而在佛罗伦萨则是进口产品。奥琳皮娅的住处小巧而舒适，还能眺望得到阿尔诺河老桥上人来人往的景象，不过她家的窗户依然是布窗。

这个罗马妓女急不可耐地一下子扑进了马可的臂弯。但她突然又诧异地放开了马可，直直地盯着他的眼睛。

"你很累吗？还是发生了什么事？"

虽然马可故意绕道走了一段愉快的路程，让沉重的心情稍稍轻松了些，但还是被这个敏感的女人觉察到了什么。若在平时，只要一见面，连说话的间隙马可也觉得是一种浪费，立即就会脱去衣服抱女人上床，可今天只是温柔地拥抱了她一下。

这就是奥琳皮娅的优点了，无论她自己多么渴望对方，如果发现对方并不是那么渴求自己，她也不会觉得有丝毫的屈辱感，她会立即改变方式。在睡衣外套着华丽丝绸室内便服的奥琳皮娅，用一种爽快的口气说：

"不管什么事你先说一下吧，毕竟你也三天没来看我了，不可能什么事都没有发生。"

马可微微一笑，他也很喜欢这种时候的奥琳皮娅。不过今天来这儿并不是为了和她讨论乔瓦尼的事，因为马可觉得她和自己一样，在佛罗伦萨都是外国人，即使对她毫不隐瞒地说出一切，两人也不可能想得到什么好办法。如果必须得说一个今日来此的到访理由，那只能说是因为实在想不出如何营救乔瓦尼，所以不知该如何度过这段束手无策的时间吧。

她身着绯红色金丝刺绣的丝绸便服，在雕刻着美丽花纹的硬石桌上支着脸，微笑着看着马可。马可的心情变得平静，同时想到了另外一件事。

一想到自己至今不曾考虑过这一点，马可禁不住对自己的愚蠢火冒三丈。

马可紧紧盯着女人的眼睛，但依然用一种平静的口气说道：

"至今我都没有问过你，你来佛罗伦萨究竟是来做什么的？"

# 皇帝的间谍

原本打算好好听一听马可会对自己和盘托出些什么事的奥琳皮娅，不想自己竟成了要坦白的一方，不禁脸上现出一份惊讶之色。不过她马上又恢复如常，毕竟她是一个善于读取对方心思的女人。

"在威尼斯时我给你添了不少麻烦，虽然算不上补偿吧，但今天我可以告诉你实情。在这儿我也是皇帝的间谍，所以你看我出门时都穿着那么朴素的衣服，喜欢的衣服只能在家里穿穿。"

一般女人在说正题时都有容易跑题这个缺点，即使聪慧如奥琳皮娅，在这一点上也与普通女人无异。不过马可还是耐着性子等她往下说。当初在佛罗伦萨不期而遇时，马可已预想过她依然是在做间谍工作，所以对此并不吃惊。

"当初我被派去威尼斯，是作为皇帝的间谍去刺探威尼斯政府的情况的。皇帝那边至今也不知道我的身份已经被揭穿了,一旦知道那麻烦就大了。现在,我也是到佛罗伦萨来做皇帝的间谍的。即使是常驻佛罗伦萨的威尼斯大使,也不知道我已经到了这里。"

这个罗马妓女说到此处喘了口气。马可依然紧盯着女人的眼睛,不置一词地等待着下文。他最想知道的那部分,奥琳皮娅还没有提及。

"这里的间谍工作和之前有些不同,并非刺探情报,而是别的工作。如果皇帝那边有什么吩咐要传达给亚历山德罗,不是通过正式的大使之口,而是由我这个间谍去传达。"

终于要接近关键部分了,马可屏气凝神地听着。

不过表面上这个男人却摆出一副安静听女人道出实情的慵懒样子,在长椅上伸展着身子,左臂撑在两个羽毛枕头上轻轻支起上半身。这是死去的埃尔维斯常摆的一个姿势,一想到此事,苦涩的回忆瞬间涌上了马可的心头。这是在伊特鲁里亚时代贵族棺材上常见的一种雕刻姿势,但也许因为这个姿势是从埃尔维斯身上学来的,所以对女人看似很有效果。

女人看到马可伸长了身子,感觉好像对自己的话题并没有太大兴趣,心情反而轻松起来。男人当然不是没留意女人的话,即使他对女人说的非常在意,也还是故意摆出一副温柔倾听自己心爱女人说话的样子。他担心如果不这样,女人就不会继续说下去。古代的伊特鲁里亚人发明的这个姿势,不但可以解除女人的防备之心,还是一个可以让对方自然说出自己想了解事情的优雅技巧。

奥琳皮娅靠近摆着那个姿势的马可，轻轻吻了他一下之后，侧着身子坐在马可躺着的长椅脚边的毯子上，继续往下说：

"在佛罗伦萨，我的身份是公爵夫人玛格丽特聘的裁缝，所以我可以频繁出入美第奇宫。当我要向公爵传递皇帝那边的消息时，只要跟夫人说让公爵也来挑选挑选，公爵就会马上来到夫人的房间，我只要对他耳语一下，就能既简单又自然地把话传达过去。"

原来如此，查理五世竟然能想到这样一个妙招，马可不禁心生佩服。

"皇帝也是煞费苦心。虽说是私生女，但玛格丽特毕竟也是自己的女儿，把她嫁给亚历山德罗，又让成为自己女婿的亚历山德罗来统治佛罗伦萨，成功地把佛罗伦萨变成了自己的从属国。但若要保持这种状态，他觉得不能太过刺激佛罗伦萨人。

"佛罗伦萨人一直拥护共和制，甚至曾经反抗过美第奇家族的独裁统治，如果西班牙在背后操控美第奇的独裁统治太过露骨的话，如今不得不放弃抵抗的那些人也许又会出来反对美第奇，即反对查理五世。即便像如今这样秘密操作，依然有人不用美第奇家族的纹章，而是继续使用象征共和制的鸢尾花纹章。共和制的精神在这个国家还是非常根深蒂固的。

"如今真正操控着公爵的人是我。因为亚历山德罗是一个无能之辈,所以我的工作也并不是很艰巨。"

听到这里,马可起身,从长椅上站了起来,他用手环住抬头狐疑地望着自己的奥琳皮娅的上半身,把她温柔地拉起来并带到床边,然后像放一件易碎之物般再轻轻让她坐到床上。他的手依然环着女人的上半身,并在她身边坐了下来。

"我有一件事想求你。借住所给我的半月馆旅店老板乔瓦尼的事,你应该也听说了吧。"

女人默默地点了下头。

"在他被捕之后,我去巴杰罗监狱看过他一次,被严刑拷打得很惨。不仅如此,听说马上要被判死刑了。"

奥琳皮娅这时第一次插了句话。

"公爵决定处以斩首,那个雇佣兵队长虽然缺席审判,但也是被判斩首,而那个葡萄酒商人听说是监禁数年。"

"那个乔瓦尼他是被冤枉的。一个无罪之人,在一个蔑视市民权利的国家中,因为统治者的专横被当成了牺牲品。"

罗马妓女听到这儿,脸上浮起一丝揶揄的笑容。

"像你这样冷酷的、搞政治的人,和那个人只不过是客人与旅店老板的关系,真是奇怪,怎么为了他,你变得如此心软了呢?"

"真遗憾我一直就不是什么冷酷的、搞政治的人,如果真是那样,在威尼斯的时候就不会被你那么轻易地玩弄于股掌之中了。"

奥琳皮娅显出一丝抱歉的神色,马可感觉到此时是转变话风的好时机。

"公爵一定知道即使杀了乔瓦尼也无济于事,他必定感觉到了有人在背后握着一根线,现在的这份极刑只是对背后那个人的一个警告。而可以让公爵住手的人,在这世上只有查理五世了,他是唯一让那个公爵无法无视意见的人。

"我希望你能用一种委婉的方式转告亚历山德罗这是皇帝的意思,只要说释放乔瓦尼对公爵有利就好。能获得民心的正直人士,是不会对大部分人都觉得是无罪之人的人处以极刑的,那样只会与安定民心的目的背道而驰。若还能加上'这是岳父为女婿着想'这样一句话,也许效果更佳。"

奥琳皮娅重重地点了一下头,表示同意。

"好吧,反正也不是不利于皇帝之事,我答应你试一下。"

然后女人忽然神情一变,甜甜地撒娇说:

"如果这件事我给你办成了,你怎么谢我呢?"

心中重担稍稍减轻了一些的马可,用手指弹着女人便服领子下勉强遮住丰满胸部的蕾丝花边愉快地说:

"那我就一直吻到你说停才停。"

女人不等男人说完就扑进了男人怀里,她的呼吸已变得急促起来。马可有一瞬还想着这算不算是预先支付,然后就在女人的身体里忘却了一切。

判决那天,半月馆里一早就充满了一种异样的气氛。按照惯例,一般宣判都是在晚上,但半月馆的住客们都一早起床,即使无事可做也都聚集在一楼的酒馆里。

还是有很多客人因为商务在身白天出门去了,但这些萍水相逢的旅人要事一办完就立即赶回了旅店。他们都已互相熟识,而且也都是老板乔瓦尼的朋友。

到了下午,附近的商店老板们忙完工作也都赶了过来。这些人和乔瓦尼都是好友,他们就像对待发生在自己身上的事一般,一脸沉痛地敲响了这里的大门,占据了一楼一半以上的空间。

早已过了工作之后喝一杯的时间,没有一个人提起这件事。不知是谁先买了酒,不知不觉中男人们的手中都握着一个盛满葡萄酒的酒杯。

没有一个人喝醉。如果是平时,以这样快的速度喝完再添,肯定店里早已是一片欢声笑语了,但这一天却完全不是,每个人都只是沉默地喝着酒。

住宿客人中只有马可那一天从一早就一直待在房间里,并非他在房间里有什么事要做,只是若他去了半月馆,那些担心着乔瓦尼的人一定会拉着他问东问西,他想避免那样的局面。

他没有什么好说的，不对，应该说他不能说什么。

后来，奥琳皮娅让人送来了他并没有预订过的做好的男士丝绸衬衫，衬衫里面果然藏着一封信，上面只是简短地写着：

"他非常生气，不过，应该可以成功。"

即使如此，马可还是不能完全放下心来，毕竟对方不是那种具备常识、可预测行为之人。而且，在实行独裁统治的君主中，不论是土耳其苏丹苏莱曼，还是法国国王弗朗索瓦一世，或是英明的神圣罗马帝国皇帝兼西班牙国王查理五世，与这位佛罗伦萨的亚历山德罗公爵都完全找不出一丝相似的地方。不论多么伟大的君主都不可能没有缺点，当然都是既有长处也有短处，只不过他们的长处和短处都比普通人要大。而比他们次一等的人，就是知道如何把自己的长处和短处均衡起来的人，所谓明智之人一般就是指这第二类人吧。

但马可觉得这位佛罗伦萨的独裁统治者亚历山德罗，不属于这两种类型中的任何一种。而且他只有二十六岁，还这样年轻，如果是经验丰富之人，不管多么无能且缺乏常识，到了一定时候总会有个刹车键。但像亚历山德罗这种类型的专制"君主"，对在威尼斯长大，极其重视合理性的文化人马可来说，属于最难预测的那种类型。

傍晚时分，马可终于走出家门来到半月馆。人们拜托他陪伴乔瓦尼的妻子一起去听宣判。

当他推开旅馆的门时，男人们齐刷刷地望向他，每个人好像都要跟他说什么。为了避免这种情况发生，马可没有看向任何人就径直走进了厨房。乔瓦尼的妻子一直待在那里。

她披着披肩已经做好了出发的准备，看上去因恐惧而浑身僵硬。马可轻轻握住了她的手臂。今天她已经连母语希腊语都说不出来了。马可扶着面无表情的女人再一次在男人们的注视下默然穿过酒馆走出了门。

一轮满月在清澈的深蓝色夜空中闪着银光。那个在浓雾中若隐若现的佛罗伦萨虽然充满了谜一般的魅力，但在深蓝色夜空下披着朗朗月光的佛罗伦萨，却更有一番南国都市的风情。

走过圣洛伦佐教堂，再路过花之圣母大教堂，然后穿过市政厅所在的西格诺利亚广场，沿着广场左侧有一条小路直达巴杰罗监狱。一路上马可只是认真欣赏着佛罗伦萨美妙的夜景，至于别的他什么都没有去想。

从外表来看，巴杰罗监狱感觉是佛罗伦萨的建筑物中最庄严的一座了。也许是它比 13 世纪末建造的市政厅早半个世纪建成的缘故吧，所以留存着一些中世纪的冷峻之色。它墙上的小窗上没有点灯，矗立在那儿透着一股威慑之气。

进去之后,它给人的感觉依然是一座很有佛罗伦萨特色的建筑物。地上铺着石板,廊柱围绕的中庭有着一种匀称之美,和直接通往二楼的石梯形成一种完美的协调感,让人觉得好像真正的大门是在此处打开。它本来是作为地方官的办公地而建,后来变成了司法机关的办公厅,所以也难怪巴杰罗监狱会被称作意大利最美监狱了。然而,每一根石柱上的铁笼中燃烧着的松明火把,都映照出廊柱上所绘的重罪之人受刑的图画,为这个本来给人以美感的建筑物带来了一种紧张的氛围。

他们被告知宣判是在二楼的一个礼拜堂里进行。马可他们没有走美第奇家族或是大官们使用的从中庭直通二楼的宽敞楼梯,而走的是大楼内部另一条又窄又陡的石梯。只有两根大蜡烛映照着礼拜堂,一些穿着黑色长袍并用黑头巾包裹着头部、只露出眼部的男人并排站在那儿。

他们就是佛罗伦萨的"黑色教团",一个服务性组织,负责照顾已经被判刑的犯人。

当"黑色教团"的男人们含混不清地唱起赞美歌时,两名嫌疑人被黑衣男人夹在中间走了进来,其中一人就是乔瓦尼。他看起来比之前见到时脚步要稳健些,这让马可稍稍安心了一些。

最后出来的是佛罗伦萨的最高司法机关八人委员会的委

员们，其中一人用一种冷漠的官方语气宣读了判决。

葡萄酒商人被判在斯廷格监狱服刑五年。乔瓦尼和那个缺席审判的雇佣兵队长双双被判斩首。

马可怀疑自己听错了。但看到听完宣判跌倒在地的乔瓦尼，他知道自己并没有听错。难道奥琳皮娅的计划失败了？

马可总觉得哪里不对劲。

他站在寒冷又宽敞的礼拜堂的角落里，那里烛光根本照不到，他已经完全听不到赞美神明恩宠的赞美歌了，只想着能否从八人委员会的委员脸上读出些什么。他一动不动地站在那里，两道锐利的目光紧紧地锁着他们。

当听到犯人从监狱被带去刑场的路线时，马可感到万分奇怪。押送犯人有两条路，一般都是走第一条路，但他们却被告知要走第二条路。

# 刑场清晨

佛罗伦萨的刑场设置在城市的围墙外围。

在帕齐阴谋那样的大事件中，因为犯人是现行犯，行凶对象又是佛罗伦萨人热爱的"豪华者"洛伦佐，所以当时群情激愤，犯人在被捕当天就直接被处以了绞刑，帕齐一伙的尸体在市政厅窗口和巴杰罗监狱的窗口上如风铃般被悬挂起来。而把持佛罗伦萨共和国数年之久，最后失势倒台被处以火刑的萨伏那洛拉会士，则是在为他于西格诺利亚广场特设的刑场执行的死刑。这两例其实都有杀鸡儆猴的政治意味。

虽然同样是展现给民众看，但通常处刑并不在市内进行，常设刑场位于佛罗伦萨东边围墙的外边。因此，那扇面向刑场的城门也被叫作"裁决之门"。

然而若是在人们难以接近的地方处刑就起不到让人们引以为戒的作用了，所以，古今统治者都想到了同样的方法，那就是在行刑前让囚犯在市区绕行一周。这是处刑前不可或缺的一个步骤，而在佛罗伦萨城中有两条路线来绕这么一周。

第一条路是从宣判地点巴杰罗监狱出来后向南走，从市政厅后方绕到正面，再走到西格诺利亚广场。在通过佛罗伦萨第一广场后，进入广场北面的一条街道，沿着这条路一直走到底就是花之圣母大教堂，然后不再前行，而是左拐走进曾经聚集着艺术家工作室、被称作"画家之路"的那条街，因为那里有一个非常热闹的市场。

而花之圣母大教堂的八角形洗礼堂正好位于这条路线的西面。洗礼堂的正前方就是佛罗伦萨第一教堂——花之圣母大教堂，也是佛罗伦萨宗教界第一人大主教的公馆所在。

不论死刑犯是去往天堂还是地狱，都是离开这个罪孽深重的现世去往另一个世界。给跪在地上的犯人以祝福是大主教的工作之一，尽管他是从二楼的窗口上给予祝福的。

结束之后，犯人就要绕行宏大的花之圣母大教堂一周。再之后就是在两边满是屋子的道路中左转右转，一直走到圣十字教堂前的广场。从这儿一直往教堂的北边走，穿过一条笔直却并不宽阔的街道后，就是"裁决之门"了。

从圣十字教堂一直到"裁决之门"这条路，在第二条绕市区的路线中也存在，也就是说，所有的犯人都会通过这里，因此市民们也把它称作"不满者之路"。

而第二条路线，不会通过市政厅、西格诺利亚广场还有市场旁边的花之圣母大教堂。得不到大主教的祝福虽然有些可怜，但走这条路的犯人大多是小偷之类，其实不至于死刑。这些人能免除在市区兜一圈，是因为司法机关的官员们认为没有必要把这些犯罪较轻的人展现给市民们看。

离开巴杰罗监狱后，不论行人和房屋多么拥挤，都不会绕道，而是直接去往刑场。唯一绕道的地方是被称作"黑色大道"的"黑色教团"本部所在的那条路。从那里穿出来就是圣十字教堂前的广场了，然后再直接穿过"不满者之路"就到达"裁决之门"，绕市区一周就算结束了。

乔瓦尼要走的正是这第二条路。

这对于杀害亚历山德罗亲信的罪犯可是不可思议的待遇。这样一个重罪之人，难道不应该走第一条路线绕市区一周吗？马可感觉迷惑不解的正是这一点。

当微弱的阳光从礼拜堂祭坛后面的窗中照射进来时，从午夜开始一直持续着的阴郁的赞美歌终于停止了。该出发了。

一辆用围栏围住的马车停放在巴杰罗监狱中庭里，与这里的美极不相符。一个纸人将代替缺席审判却被判处死刑的行踪不明的雇佣兵队长接受斩首，它就像一个真人般被绑在马车的栏杆上。乔瓦尼也是同样双手向后被绑在栏杆上。

在围着栏杆的马车上，还坐着另外三人，其中两人是

"黑色教团"的成员，他们一身黑袍，头巾包裹着整个头部，只在眼部露出两个洞。第三人的打扮则与"黑色教团"的成员不同，他只包裹头部，露出了眼睛、鼻子和嘴巴，还有两条粗壮的手臂，上半身只穿着一件短坎肩，而下身是一条贴身的紧身短裤。即使不看他手里拿着的大斧子，只凭他那彪悍的模样，也一眼就能看出他是一个刽子手。"黑色教团"的六人，三人一列排成两列徒步跟在马车后面。这就是要到城区绕行一周的阵容了。

    囚犯虽然是在马车上，但并不省力。绕道时确实待在马车上，但每当街边的建筑物上有圣像，都得从马车上下来祷告。

    墙面内凹处的小祭坛上设置的长明灯有照亮街道的功用，数量多到每几步就会出现一个。这对等待着命运的最终结局，已经气力尽失的可怜囚犯来说并不友好，很多时候得有人强制他们上车下车。马可在成群的人后面追随着马车前行，他只能痛苦地眼睁睁看着乔瓦尼重复着这种跌跌撞撞的苦行。

    路边的群众不但没有出言侮辱乔瓦尼，还一直鼓励他，而"黑色教团"的成员们也是一路亲切帮助重复着这种苦行的乔瓦尼，这些稍稍减轻了马可内心的一些痛苦。

    "黑色教团"成员身穿一袭宽松的黑色袍子遮住了全身，

无从猜测他们的身形和年龄。这个教团中，成员的阶层和职业各异，既有贵族也有商人、匠人，还有在普通市民中数不胜数的新手转包工。这些人唯一要做的就是照顾被判刑的人，而所有的费用也是成员自己负担。

宣判时间和执行时间一旦决定，巴杰罗监狱的人就会通知教团总部，然后总部的负责人就会一家一家去通知成员，把他们秘密召集起来。"黑色教团"成员的身份连佛罗伦萨司法机关的官员也不清楚。

当约定的时刻到来，"黑色教团"成员就会不知从哪里冒出来，悄悄走进总部的建筑物中，当他们走出来时已是一身黑衣。

这种照顾相当于对神的侍奉，所获利益也都归教团而非个人。总部的建筑物以及刑场附近教团拥有的建造教会的土地，都由佛罗伦萨政府捐赠。另外还有一份补偿，因为嫌疑人被判刑后是由教团接收犯人，所以他们也有释放犯人的权力，不过一年只有两个名额。虽说如此，也不是任何人都可以被释放，犯了叛国罪和杀人罪之人就在赦免范围之外。

马可还是第一次看到佛罗伦萨的刑场，当然每个地方的刑场其实都差不多。用与人身高相差无几的木板搭出一个木台，加一段走上去的楼梯，绞刑的话就在台上放一个绞刑用的木架子，斩首的话就备一个可以把头放上去的木桩子。

虽然还是中午，但很多人中途抛下工作跑来观看，台下挤满了一张张脸。对于和犯人没有什么关系的人来说，看这种残酷场面其实和看杂耍无异。

首先被搬上来的是代替雇佣兵队长被判死刑的纸人。没想到这个纸人做得有模有样，虽有些粗糙，但套上了盔甲，远远望去能让人信以为真。它被"黑色教团"的两名成员左右夹着上了行刑台，就好像临死之前吓得失魂落魄、不会走路，只得被人拉到台上一样，有一种超越了象征意味的现实感。

刽子手跟面对活人一样把纸人的头重重按到木桩上，它双手被绑在身后跪下来。刽子手慢慢靠近它，举起大斧头，斧刃在阳光下反射着微弱的光。

就在一瞬间斧子无声落下，纸人的头毫无悬念地滚落在地。当斧头斩到捆绑着的干草时，传来一声干脆的断裂之声。

观看的人群发出了一阵欢呼声。

终于要轮到乔瓦尼了。当马可看到"黑色教团"的两名成员走到半月馆老板的两侧，把他架着走上行刑台上时，最后那丝希望似乎也被斩断了，他心如刀割。

乔瓦尼跟跟跄跄，两名黑衣男子架着他走上了楼梯，虽然只有五六级台阶，他们却花了很长时间。

刑场清晨

站在行刑台上的这个可怜男人，被"黑色教团"的一人用黑布蒙住眼睛，手依然被绑在身后。和之前纸人被处刑时一样，要先宣读判决。然后，乔瓦尼也跪着把头放到了木桩上。刽子手走上前来，观看的人知道这次是真的了，都屏住了呼吸静静看着。

马可虽然眼睛睁着，却什么也看不见，他想从这里逃走，身子却无法动弹。乔瓦尼的妻子在听到判决后就晕了过去，被带回了半月馆，幸好是这样。

就在这时，"黑色教团"中的一人走上了行刑台，从口袋中取出一卷纸开始朗读。

"承蒙'黑色教团'的恩典，犯人乔瓦尼被予以豁免刑罚，由教团收留。"

顷刻间人声鼎沸。虽然大家都知道"黑色教团"一年之内可以给予两个人自由的机会，但时至今日都是针对罪行较轻且有一定酌量余地的犯人，从来没有把这机会给过一个死刑犯。群众中欢声雷动，这个意外的结果让大家着实吃惊不小。

马可全身心地感受着这一切。从以往的例子来看，由教团收留即意味着释放。

"黑色教团"的二人走近对所发生之事依然一无所知的犯人，把他扶了起来，并取下了蒙在他眼上的布条，然后又解开了绑着他双手的铁丝。他们从两边扶着依然茫然无措的乔瓦尼,走下了行刑台。

几个"黑色教团"的人拦住了跑过来的马可,他们都用头巾包着头,只听其中一人用沉闷的声音说道:

"'黑色教团'礼拜堂中的感谢祷告还没有结束。"

教团所属的礼拜堂就在刑场附近,跟着一起过去的除了"黑色教团"的成员之外,还有马可以及心怀悲痛却依然勇敢地准备面对友人之死的乔瓦尼的那些朋友。

半月馆里犹如基督教的圣诞节、复活节和圣母升天节同时到来般欢声如雷。

乔瓦尼的妻子因为哭泣而浮肿的脸上现在却流淌着喜悦的泪水,乔瓦尼的朋友们把葡萄酒从头顶倒下闹成一片,而乔瓦尼本人虽然因严刑拷问浑身是伤,对死的恐惧也消耗了全部气力,但依然耐不住在卧室里休养,而是躺在餐厅中央的那几个枕头之上,与旅客们一同庆祝。

大家都在讨论着乔瓦尼的幸运。虽然他本来就是无罪的,被释放是理所当然,但一定是有谁在背后助了一臂之力。

大家都看着马可,马可当然不可能说出实情,只是说:

"我什么也没做,感谢神的眷顾。"

横躺着的乔瓦尼抓住马可的手,他的措辞比之前更显亲密,在他耳边轻声说道:

"先生，一定是您帮了我，就算您不承认我也知道，是您救了我。我不会打听什么，不过这份恩情我永世难忘，我可以以我母亲起誓。"

马可只是默默地紧紧回握住乔瓦尼的手。

马可在庆祝会上又待了一会儿，但他的心早就飞到阿尔诺河的对面去了。他想尽快见到奥琳皮娅，除了最起码的感谢之辞，还有他的满心爱意。

他终于从庆祝会中脱身，飞奔向奥琳皮娅家。一直令他赞叹不已的街景和大桥之美，今天丝毫吸引不了他的眼球。马可陪着乔瓦尼回到半月馆后已经立即令仆人去转告奥琳皮娅他会去拜访，所以她现在一定在等着自己。

他三步并作两步跑过了狭窄的石桥。在马可前方敞开的大门里，掩饰不住得意之色的奥琳皮娅笑得如花般绽放。

# 特比欧山庄

洛伦奇诺决定这几天逃离佛罗伦萨。

他可不想被亚历山德罗公爵莫名的火气牵连。公爵发怒当然有他的原因，但他不会告诉洛伦奇诺。那些仆人只要稍稍有些不顺他意，就会被臭骂一顿。

虽说亚历山德罗本就不是一个稳重之人，但他这几日的焦躁很是异常，也许让他一个人待一阵子会恢复如常，众人眼中公爵唯一的好友洛伦奇诺都想逃离这里了。

当然，洛伦奇诺自始至终就没有想过要好好安慰一下公爵。正好对方也不想跟自己说，那就让他一个人静一静吧。

洛伦奇诺立即决定到特比欧山庄去，不过他对亚历山德罗说的却是去同为美第奇家族所有的卡斯特罗山庄，那本是洛伦奇诺祖父名下的一幢别墅。他只要对如今的拥有者亚历山德罗说去监督一下葡萄酒的酿制，谁都不会感到奇怪。

洛伦奇诺之所以没有说去特比欧山庄，是因为亚历山德罗公爵并不喜欢他和住在那里的堂弟柯西莫走得太近。亚历山德罗生性多疑，也许是因为他连自己的母亲是谁都不知道吧，所以很厌恶那两个拥有出身佛罗伦萨名门的母亲的堂弟关系太过亲密。

洛伦奇诺并非因为想念柯西莫才决定去特比欧山庄。对于比自己小五岁的这个堂弟，虽然他俩从小一起生活学习，可洛伦奇诺却总是跟他亲热不起来。柯西莫年纪虽小，却性格内向，在他眼中总有一道看不见的堤坝阻挡着情感如江流般奔涌的洛伦奇诺的感情。他真正想见的其实是柯西莫的母亲玛丽亚。

特比欧山庄比学院山庄和卡斯特罗山庄更遥远。从佛罗伦萨往北走，在丘陵中的羊肠小道上要走三十公里左右才能到达。在它附近还有美第奇家族的一座山庄，即卡法吉欧罗山庄。

从佛罗伦萨到此并不方便，美第奇家族之所以在此置了特比欧山庄和卡法吉欧罗山庄，是因为附近的穆杰洛村原是美第奇家族的发祥地。

这座特比欧山庄是美第奇家族在佛罗伦萨取得成功之后，早期购入的一处不动产。当年"豪华者"的祖父柯西莫委托自己十分欣赏的建筑家米凯洛佐来改建这座山庄，至今已经过去了八十年。具有高超审美意识的米凯洛佐成功地把中世纪建筑物的严肃和不便改造成了文艺复兴的简洁舒适。与美第奇家族拥有的其他别墅相比，这座山庄规模虽然不大，但和在周围农田劳作的农民离得并不太远，自有一份与众不同的乐趣，非常适合乡村生活。

只是特比欧山庄离佛罗伦萨市区实在路程遥远，柯西莫虽然把它改建得非常精致，但在举办"柏拉图学院"时还是选择了距离佛罗伦萨较近的学院山庄，把学者、艺术家都召集到那里，也许他也觉得那里更加方便吧。与祖父同样喜欢和学者及艺术家为伍的"豪华者"洛伦佐，也因同样的理由更常使用学院山庄。

丈夫去世后，玛丽亚·萨尔维亚蒂就带着年仅七岁的儿子柯西莫一直住在这座山庄里。

玛丽亚的丈夫被称为"黑队乔凡尼"，他在意大利被围攻时与德军对战，作为指挥官冲在最前线，最后战死沙场。美第奇家族中鲜有军人，当这个七岁男孩得知父亲的噩耗时，只说了句：

"我知道总有一天他会这样死的。"

因为丈夫是将领，所以玛丽亚在丈夫生前就常常留守在家，婚后她也一直住在娘家。在金融界如日中天的萨尔维亚蒂家族，在佛罗伦萨城中有豪华宏伟的府邸，所以即便丈夫不在身边，玛丽亚也不曾感到生活太过寂寞。

但自从丈夫去世之后，养育独子的责任就落到了玛丽亚一人身上。因为乡村生活更适合年幼的孩子，所以她搬到了丈夫本家美第奇家族所有的这座特比欧山庄里。

"黑队乔凡尼"虽然是美第奇家的旁支，但往前追溯，玛丽亚是"豪华者"洛伦佐的外孙女，所以对于她带着儿子住到美第奇家拥有的这座山庄，没有任何人提出异议。

然而，玛丽亚移居此地之后，不得不改变曾经的日常习惯来适应这里的乡村生活，这里没有舞会也没有音乐会，更不会有住在娘家时那么热闹的晚宴，可以听到来自欧洲各地贵宾所讲的奇闻趣事（因为萨尔维亚蒂家族的银行遍布经济发展活跃的欧洲各地）。

丈夫生前也和她一起来这里住过，当时作为"老大"的"黑队乔凡尼"被手下的士兵簇拥着，让整个山庄更像个兵营，充满活力。然而如今，玛丽亚·萨尔维亚蒂身边只有一个年幼并且整天不知在想些什么的儿子。

在移居特比欧山庄后不久，柯西莫的堂哥洛伦奇诺就过来和他们共同生活，这稍稍减轻了玛丽亚的寂寞之感。

之前洛伦奇诺一直住在卡斯特罗山庄，母亲去世之后，他就和妹妹劳德米尔一起搬到了玛丽亚这里。那年他十二岁。

决定让美第奇家族年龄相仿的孩子们住在一起的是出身美第奇家族的教皇克雷芒七世。而另外两个美第奇家的男孩亚历山德罗和伊波利托，那时是十六岁和十八岁，所以被叫去了罗马，在教皇身边生活。洛伦奇诺则是从十二岁到十五岁的三年时间里，一直住在特比欧山庄，玛丽亚如母亲般抚养他。玛丽亚和他少年时代的家庭教师，也就是如今弗朗西斯修道院的院长，是洛伦奇诺仅有的几个信任的人。

如果没有正面那座如城塞般的公馆，特比欧山庄和一般富裕农家看上去几乎没有什么差别。没有门柱，大门终日敞开。如山路的延长线般进入山庄之后，左边是一棵粗壮的橡树，树荫下有一座小礼拜堂。每次来到这里，洛伦奇诺都会想起以前常常在这儿玩捉迷藏。右手边是在山庄农场里干活的农民的住所，还有一个酿造葡萄酒的仓库。以前夏天他常常在那个凉爽的仓库中，爬到那些当时只能抬头看的高大的葡萄酒桶上去玩。

在公馆的正面有一道石墙，不过连孩子都能爬得上去，几乎无法御敌。它的作用和旁边菜园周围的石墙一样，只是替人们防着散养的家畜随意走进而已。

公馆后面的庭院直接连着丘陵斜坡，所以连堵石墙也没有，为了防止家畜入侵，只围了个木栅栏。特比欧山庄不论从哪儿都可以自由出入。穿过木栅栏，冲下丘陵斜坡有一条小河，少年时代的洛伦奇诺常常在那里浮想联翩。即使听到家庭教师在庭院一隅喊他的名字也不会起身，只有听到妹妹劳德米尔或是伯母玛丽亚的声音时，这个少年才会像只小鹿般迅速爬上斜坡赶回家里。

随着一声沉闷的声响，洛伦奇诺推开了那扇钉满铁钉的厚重木门，在他面前出现了从少年时代起就熟悉的老仆的面庞。对于洛伦奇诺突如其来的到访，老仆没有显出丝毫惊讶之色，依旧从容淡定。为了让走了将近三十公里山路的洛伦奇诺洗去仆仆风尘，他把洛伦奇诺领进了旁边的一间小屋，并命女仆拿来了水桶。说了要去跟夫人通报一声之后，老仆走上了直通二楼的楼梯。

推开女主人起居室的门，在床边刺绣桌前坐着的玛丽亚急不可耐地站起来欢迎洛伦奇诺。洛伦奇诺依照面对女性长辈的礼仪行了礼，弯腰的同时左手放在胸前，右手拿着帽子伸出。玛丽亚脸上的笑容仿佛是在示意他们之间完全没有必要做这些。

她今天还是穿着那套常穿的朴素衣裙。

灰色的宽松毛织长裙在腰间收紧，只在方形的领口和袖口处露出些白色丝绸。

浓密的褐色头发在脑后挽了个髻，包在了白色丝绸中，就连额头和耳朵也一起被包住，披至肩部，最后在胸前被一个胸针固定住。

丈夫离世已过十年，玛丽亚早已没有继续穿丧服的义务，但她至今延续这身不离面纱的穿着，是因为她入了多明我会，成了一名在家修行的修女。

这也是她不再婚嫁的明确表示。所谓在家修行的修女，就是不住在修道院里而是住在家中，从侍奉神灵的立场来看，其实和一般的教士、修女无异。

成为在家修行的修女，与其说是玛丽亚本人的意愿，不如说是在那种情况下的唯一选择，因为玛丽亚和美第奇家族的一员结了婚，婚后又有一子。

如果没有子嗣，或者孩子是个女孩，抑或儿子已成年，以玛丽亚的美貌及娘家的经济实力，要再婚的话简直轻而易举。然而，当时儿子只有七岁，即使是旁支，他也是继承了美第奇家族血统的嫡子。

完成了该有的一套问候礼仪之后，洛伦奇诺满脸笑容地拥抱了伯母。他现在已不能像幼时那般扑进玛丽亚的怀里，毕竟已经长大，需要注意一下了。洛伦奇诺的身高已完全超过了玛丽亚，他宽阔的胸膛都能包住纤瘦的伯母了。

即使如此，玛丽亚还是紧紧拥抱了这个年轻人，在她的眼中他永远都是当年初来山庄时的孩子，她也一直把这个侄子当作自己的亲生孩子抚养，甚至有时觉得比自己的亲生儿子柯西莫更像自己的孩子。苍白的玛丽亚因为激动，脸上泛起了一丝红晕。

"真是一个令人惊喜的突然袭击。你又长高了，小伙儿变得越来越帅了。"

"伯母您可是一点也没变,乡村生活果然对身体有好处。"

玛丽亚露出难得一见的盈盈笑容轻快地说:

"谁知道呢,就算对身体好,对内心又怎样呢?倒是你,听说你一直住在城里,几乎都没有在卡斯特罗山庄露过面。"

洛伦奇诺爽朗一笑以示回答。玛丽亚看到老仆过来后,也不问洛伦奇诺的安排,就让他去打扫洛伦奇诺以前住的房间。

"柯西莫在哪儿?"

洛伦奇诺问道。玛丽亚露出深思的神情回答说:

"谁知道呢,那个孩子来我这儿的次数越来越少了。听说他和一些朋友聚在一起研究打仗的进攻之道,也许是像他父亲吧。不过当年他父亲爱把信赖的朋友都带到这儿来,儿子却不是这样,我都不知道他的朋友是些什么人。"

洛伦奇诺微笑地倾听着,不过心里却想着这些话最好还是不要让公爵知道。

"不过今晚他会回来,因为我跟他说过今天院长会过来,难得有机会大家一起吃个晚餐。"

玛丽亚口中的院长就是洛伦奇诺和柯西莫少年时代的家庭教师,也就是如今弗朗西斯修道院的那位院长。洛伦奇诺因为数天前刚刚与他发生过激烈争论,所以今天对于要和院长见面一事并不积极,并没有接话。

"自从你们十五岁后去了罗马教皇身边生活,他就常常来看我。他说我孑然一人,偶尔也需要个人说说话。

"即使柯西莫回家后,他也经常过来。他说若是去了城中圣马可修道院或是圣十字教堂的话,肯定会忙得无法分身,但是在弗朗西斯那个小修道院的话,时间上就比较自由了。"

也许是因为平日生活孤单,好久不见的伯母对他说了很多。当他静静倾听着伯母柔美的声音时,突然有个想法涌上心头。

会不会弗朗西斯修道院的院长一直暗恋着玛丽亚·萨尔维亚蒂呢?

院长以前并不是神职人员,而是"黑队乔凡尼"手下的一名将士。不过他与其他士兵不同,他既懂希腊语又懂拉丁语,这在当时就是文化人的标志了。

文化程度并不高的"黑队乔凡尼"常常打趣他是不是弄错了自己的志向,但因为他作为一名将领也很有才华,就把他留在了身边。"黑队乔凡尼"战死之后,他自然而然成了主帅遗孤的教师,大家也都自然接受。这位不同寻常的将领,不但能看懂希腊文和罗马文的著作,还能教授但丁的《神曲》那样的现代文学。

他进入神职界也是在两个少年长大移居罗马之后,那时他也不年轻了。他坚定地拒绝了教皇让他一同前往罗马的邀请，进入了修道院。他舍弃了通往罗马教廷飞黄腾达的机会，而选择留在佛罗伦萨。

洛伦奇诺想着伯母玛丽亚是否感觉到了什么呢？不，她应该并不知情。

起居室的门被推开，随之传入的是院长那一贯粗犷而稳重的声音。

"夫人，我在附近偶遇了一位稀客。我把他一起带过来了，不知可否？"

洛伦奇诺转身一看，院长的背后站着一个男人，真是出人意料。

# 一家团聚

"啊,今天是怎么回事呀,大家在今晚都凑齐了呢。"

玛丽亚·萨尔维亚蒂那过于端庄的美顷刻间如崩塌了般,用一种与平日完全不同的年轻语调说道。

修道院院长在附近偶遇并带来的男人,也是玛丽亚很熟悉的一个人。

这个看上去六十几岁的男人名叫弗朗切斯科·韦托里。他不但是佛罗伦萨的名门望族韦托里家族的成员,还曾任佛罗伦萨驻罗马及法国等国的大使,是一位举足轻重的人物。在佛罗伦萨共和国时代,甚至担任过总理。当国家进入亚历山德罗的统治时期后,因为年龄关系他从公职上退下来,但谁都知道其实在暗中他依然拥有不小的影响力。

众所周知,他性格洒脱又有涵养,而且从不给人强权压势的印象,是一个非同寻常之人。

"韦托里先生,欢迎您的到来。"

对于这位优雅的老绅士，玛丽亚极其自然地以佛罗伦萨名门出身的态度来迎接。而韦托里也对伸过来的这只玉手，用时髦男子间流行的方式，用嘴唇拂过，在女子手上亲吻了一下以示回礼。

真是完美，洛伦奇诺不禁在心中感叹。原来感觉有些不入流的动作，由这个男人做出来竟然如此优雅。洛伦奇诺从韦托里在政治上从未失势过这一点就清楚地明白，此人内心必定时刻保持着警醒。

不过即使不考虑这些，餐桌上像他这般有趣的人也实属少有。而玛丽亚对于并非家人的韦托里，不但与之共进晚餐，还让其留宿在山庄，特意命仆人为他打扫了留宿的房间。

宽敞的餐厅久违地点亮了所有的烛台，如人一般高的火炉里投入了好多木柴，把整个客厅烘烤得明亮而温暖，仆人们的动作也比平时更有生气。

在客厅中央，窄长的餐桌上铺着绣有秀美蕾丝花边的纯白色桌布，桌上排列着银质的器皿、餐具以及威尼斯产的纤细高脚杯。不一会儿的工夫，佛罗伦萨富裕阶层家庭招待宾客时必用的花朵，就像刚从花篮中取出般看似随意地摆放在餐桌上。

餐桌一侧主人的座位上坐着在晚餐前刚赶回来的柯西莫，与他相对而坐的女主人是玛丽亚，在玛丽亚左前方的贵宾之席则坐着弗朗切斯科·韦托里。

在韦托里的正对面,也就是玛丽亚右前方位子上的是洛伦奇诺。这本是安排给客人而非家人之座,洛伦奇诺当然明白这并非伯母玛丽亚的冷淡之举。坐在主人席位上的柯西莫已和少年时截然不同。不论是十七岁的柯西莫,还是二十二岁的洛伦奇诺,都已长大成人。

在韦托里的左手边,也就是柯西莫的右前方坐着修道院院长。当年"黑队乔凡尼"还在世时,只要客人中没有女士,这个座位一直都是"黑队乔凡尼"这第一部下的座位。

端上来的饭菜果然也和城中不同,野味菜肴琳琅满目,其中数一周前柯西莫让人送来的一只野鸭为最——在其内部塞上食物后,在文火上一边转一边烤出来的这道菜堪称绝品。看来即使冷淡如柯西莫偶然还是会想到母亲的。葡萄酒则是这座山庄自己的农产品。特比欧的葡萄酒是佛罗伦萨无人不晓的一个名牌。虽然玛丽亚并不靠这个来做生意,但在农庄干活的农民们,却都是以此为生,这是他们的一个重要经济来源。

最能展现玛丽亚风格的料理,其实是一开始就摆在餐桌上,放在立脚银盘中的一种叫作"比涅"的小点心,在野味料理之后谁都想换一换口味。比涅的做法是把鸡蛋、牛奶和小麦粉混合,揉成薄片后烘烤,最后在里面包上含有香料的

一家团聚

奶油。这道点心可说是佛罗伦萨人钟爱的一道代表性餐点，据说经过嫁到法国的美第奇家的卡特琳娜的介绍，如今在法国也大受欢迎。这种点心尺寸不一，玛丽亚比较喜欢可以一口塞进嘴里的这种大小。

洛伦奇诺每次一吃到这个就想起小时候的事。在玛丽亚的餐桌上每回都有这个，当时他真是吃厌了，而如今却觉得这个味道里充满了回忆。

餐桌上的话题依然以年长的韦托里为中心。

不愧是在国际政坛上驰骋三十多年的风云人物，作为许多政治事件的亲历者，他的话题内容真是丰富多彩。他一开始被派驻到德国的马可西米利连皇帝身边，然后是罗马的利奥十世和克雷芒七世身边，侍奉美第奇家出身的这两位教皇，接着又马上被派到法国国王身边。他就是这样一个人物，他还担任过佛罗伦萨共和国总理，担任过政界最高负责人。

撇开别的不说，弗朗切斯科·韦托里实在是个风趣之人，他总是可以以清醒的视角捕捉到事情的真相，又擅长用洒脱的语言表达出来。他可以把国际关系中的弱肉强食理论，降低到普通人的关系里来做有趣的讨论。

修道院院长以曾经的前线战士的观点予以应答。虽然这些话题并不适合女性，但玛丽亚也是饶有兴味地倾听着。

洛伦奇诺虽然大部分时间也只是在听，但丝毫没有觉得不快。这位年轻人还是有些喜欢这个贵族老男人的,他优雅的举止让洛伦奇诺心情愉悦。

但内心剩下的一半情绪,虽说不上讨厌,但至少是不信任的。

他觉得这位优雅的现实主义者的内心应该从未点燃过真正的激情。

坐在主人席位上的柯西莫,除了简短的应答外始终一言不发。

并非因为他在桌上年龄最小,而是因为柯西莫不论何时何地都是这样一个寡言少语的青年。不过,他的沉默并没有让在座之人感觉难堪不快,他虽然不太开口,但这个十七岁年轻人的视线并不是一直只落在餐盘上,而是自始至终看着发言者以及在座的全体人员。不过若想从他的眼里读出什么那也是不可能的。

餐桌上的话题终于转到了美第奇家族身上。韦托里这样聊了起来。

"有着辉煌传统的美第奇家族唯一一个运气不太好的地方,也许就是当一家之长准备将一切传给下一位时,总缺少血亲继承者这一点吧。

"'豪华者'洛伦佐活到了四十三岁,他把一切都传给了儿子皮耶罗,但皮耶罗只活到了三十一岁。皮耶罗去世之后,只能由当时十一岁的乌尔比诺公爵来继承。皮耶罗的弟弟朱利亚诺在三十七岁时病死，而另一个弟弟又成了红衣主教，不可能有继承人。

"而乌尔比诺公爵也并没有达到人们的期望，年仅二十七岁就去世了。他只有卡特琳娜一个孩子。他是独子，又没有弟弟。最后在男子中只剩下私生子亚历山德罗。"

韦托里明明知道亚历山德罗其实是教皇克雷芒七世的儿子，但他还是把亚历山德罗说成乌尔比诺公爵的私生子。他又继续往下说道：

"不过这之后就没有什么问题了。万一亚历山德罗公爵发生了什么意外，当然我们祈祷不会有不幸发生，但一旦发生了，应该不会再出现缺少继承人的情况了。"

在此打住话头是韦托里的狡猾之处。即使没有指名道姓，大家也都心知肚明，和二十六岁的亚历山德罗公爵年龄相差不大，身心健全的美第奇家男儿，就是洛伦奇诺和柯西莫这二人了。

洛伦奇诺不禁想，这种情况一般人会继续说下去，而他却在此打住了话头，在这个老练的政治家韦托里心中，对于这个继承者之位，在自己和柯西莫之间他究竟更倾向于哪一边呢？

虽然他俩互称堂兄弟，其实只有洛伦奇诺的父亲和柯西莫的父亲是真正的堂兄弟。洛伦奇诺的爷爷是长子，柯西莫的爷爷是次子，所以，美第奇这一旁支的第一顺位应该是洛伦奇诺，在年龄上他也比科西莫年长五岁。

但洛伦奇诺也不得不承认站在柯西莫的角度来看，柯西莫在美第奇家族中并不是排在后面的那一个。柯西莫的母亲是"豪华者"洛伦佐的外孙女，所以和美第奇本家是有关联的。况且，萨尔维亚蒂家族是佛罗伦萨的名门望族，美第奇家的女儿也有嫁入这个家族的。而洛伦奇诺母亲的娘家索德里尼家族虽说也是名门大族，但如今不论是和美第奇家的姻亲关系还是自家财力，与萨尔维亚蒂家族都相去甚远。

更何况柯西莫的父亲虽已去世，但那位"黑队乔凡尼"在佛罗伦萨可是无人不晓，而洛伦奇诺的父亲则是一名偏学者型的无名之辈，在这方面柯西莫也更胜他一筹。况且，洛伦奇诺的父母都已不在人世。突然，一种洛伦奇诺从未思考过的疑惑涌上心头。

修道院院长嘴上说是在附近偶遇了韦托里才把他一起带过来的，他们会不会是在撒谎，说不定是预先约好一起来的呢。

很多佛罗伦萨人都知道弗朗切斯科·韦托里才能出众，并与当权者保持着密切的联系。即使当权者失势，他也从未失势过。

难道他已预见到了亚历山德罗公爵的未来，所以才来接近柯西莫吗?然而,只有二十二岁的洛伦奇诺无法看穿这个年届六十,却作为名人风头正盛,完全没有隐退之意的男人。所以这个疑惑一直盘踞在洛伦奇诺心头,无法消除。

正想着,韦托里就把话题转移到了洛伦奇诺的身上。

"半月馆老板那件事,公爵能以那样的形式收场真是难得啊。听说在那件事上,与公爵关系密切的洛伦奇诺阁下费心颇多,不知是否属实?"

洛伦奇诺一时语塞。他就是这样,本来明明可以直接回答说自己什么也没有做就行了,但他感觉那个老练的政治家好像考察般注视着他。而且,他前些日子还因这件事和弗朗西斯修道院院长发生过争论,说不定院长也以为是当时的口舌没有白费,洛伦奇诺听从了自己的忠告说服了公爵,所以院长的眼光也一直停留在他的身上。

洛伦奇诺会心乱如麻,还因为柯西莫那冷漠的目光,他仿佛确信这件事不可能出自年轻堂兄之手,连瞥也没有瞥洛伦奇诺一眼。这个二十二岁的年轻人想也不想就回答说:

"公爵所下命令,不论是什么都出自公爵自己的想法,并不是我们这些臣子考虑的。"

当晚餐桌上的人都知道亚历山德罗公爵绝不可能自己想出那样的办法,洛伦奇诺的言下之意即一切都是自己的功劳。

韦托里点了点头没有再继续追问下去，修道院院长也是满意地深深点了点头，而玛丽亚则把自己的右手搭在洛伦奇诺的左手上，像母亲表扬幼子般说道：

"你从小就是个心地善良的孩子。"

只有柯西莫投来了怀疑的目光，却依然不发一语。

韦托里像赞美那些不愿透露姓名的人一样继续说道：

"利用'黑色教团'真是高明之举，既救出了无罪之人，又保存了公爵的颜面，是一个极其巧妙的政治处理手段。佛罗伦萨的年青一代真不容小觑啊！"

洛伦奇诺已经无法忍受再继续讨论这个话题。他转变了话题，但脑中想到的另一个话题内容依然和"那件事"有关，还是因为他太过年轻吧。洛伦奇诺转向修道院院长微笑着说：

"院长，您还记得那个在弗朗西斯修道院借宿的威尼斯贵族吗？"

"哦，是不是那个叫丹多洛的？"

"是的，我又遇见了那个丹多洛。我被那些因半月馆老板被拘捕一事而愤怒不已的男人围攻时，是那个人救了我。真没想到救命恩人竟然是丹多洛的当家人，真令人震惊。"

这时韦托里插了进来。

"丹多洛的当家人不以大使的身份出现在佛罗伦萨，还真有些不可思议呢。"

"他说威尼斯政府的要职人员有休假，所以就利用这次休假出来旅行了。"

"怎么可能，难道是想在佛罗伦萨设立新的谍报机构吗？"

修道院院长用平稳的语气插嘴说道：

"看他行为举止稳重，是一位很不错的绅士。"

韦托里笑着把身体转向修道院院长，用调侃的语气说：

"我真羡慕像您这种只知战场和僧房之士，对人对事的想法总是这么直观。"

修道院院长也笑着回嘴说：

"总看事物的反面也解决不了什么问题。韦托里先生您是习惯了站在工作的角度去看问题吧。"

"还真是，生活在我这个世界里的男人比其他任何人都有可能被天堂抛弃，因为怀疑一切已经变成了我们的一种本性，到了这个年龄，就算蜕一层皮也没什么希望改变了。所以我们没有女人缘也并不仅仅是年龄的缘故。"

听到这儿连玛丽亚也禁不住笑出了声。这时韦托里把脸转向洛伦奇诺，虽然满脸笑容，却是以一种要求对方做出肯定答复的语气说道：

"我很想见一下那位丹多洛先生，不知能否请您给我安排个机会？"

洛伦奇诺点了点头。半月馆老板如今已获自由，再和那个威尼斯人相见，他也不会感到不自在了。

# 拉斐尔项链

从奥琳皮娅家的窗口望出去，越过一片片重叠着的红色砖瓦屋顶，可以眺望到佛罗伦萨大部分的著名建筑。在楼下流淌着的阿尔诺河的对岸，鳞次栉比的房屋都有四五层楼那么高。伯鲁涅列斯基设计的花之圣母大教堂的穹顶，还有一旁乔托设计的钟楼要更高，从那些红色屋顶形成的波浪上探出头来。当然能眺望到的不止这两座建筑。

再看向右边，市政厅的高塔耸入云霄，巴杰罗塔和佛罗伦萨最古老的巴迪亚塔与之遥相呼应，每一个建筑物感觉都是在一种始终如一、具有协调性的审美品位下建造而成的，形状不一，各具特色。

朝左望去是四方形状且线条坚硬，具有哥特式窗户的典雅的奥桑米歇尔教堂。在它下方是曾经统率欧洲毛织品界，一手承担起佛罗伦萨公共建筑物所有费用的毛织品工会总部。

在其左边就是任谁都无法无视的佛罗伦萨的象征花之圣

母大教堂了。它毅然矗立在那儿，白色线条游走于红色屋顶之上，优雅壮丽的穹顶仿佛傲视着周边一切。乔托设计的钟楼在一旁为它锦上添花。再往左，可以望见圣洛伦佐教堂的穹顶，以及线条流畅的质朴的圣马利亚·诺维拉教堂钟楼。

马可觉得这里作为隐匿场所真的很不错。虽然每次要爬那个很陡的石梯的确有些累人，但一旦走上这一层就再没有别的人家，完全不用在意旁人的目光。在佛罗伦萨只有一个寡言少语的大汉作为奥琳皮娅的保镖和她一起住在这里。

当女主人在家时，这个仆人几乎从不露面，只偶尔能听到从厨房里传出一些声响。但当奥琳皮娅外出时，他一定相隔十米不被人注意地尾随着她。

奥琳皮娅把这间面对阿尔诺河、景致极佳的大房间拿来作为自己的房间。墙边放着一张床，厚实的丝绸窗帘半遮着窗，除此之外还有一张桌子和几把椅子。在家具的选择上感觉主人并没有费什么心思，也许是因为这只是她的暂住之处吧。在床对面的墙壁上，开了一个大大的壁炉，炉火总是烧得很旺。这个房间虽然景致极佳，但因为朝北所以有些冷。女人说：

"我本来想借阳光充足的阿尔诺河北面的房子的，可惜那片住的都是有钱人，根本不出租房子。"

而且有钱人家多有权有势，对于奥琳皮娅在佛罗伦萨的工作来说，实在不是理想之选。在这里，奥琳皮娅与当时在威尼斯时不同，得尽量不引人注意，所以她在外出时，也是常常把那头浓密柔软、富有光泽的金发盘起来，并披上素淡的披巾。

而现在她披散着长发，在相叠的枕头上如金丝般散成一片。马可用手指一边爱抚着她的发丝，一边用若无其事的口气问道：

"利用'黑色教团'这一招是亚历山德罗的主意吗？"

女人正感受着好不容易射进来的阳光，听到这个她把脸转向马可，用慵懒的语调回答说：

"你这个男人真是的，好好的气氛都被你破坏了。"

不过女人好像也并没有像她所说的那样因这个问题而扫兴，她用手指戳着男人下巴上修剪得体的胡子，清清楚楚地回答说：

"那个公爵能想出这么天衣无缝的主意吗？就算跟他说他唯一的后盾皇帝不赞成他那么做，那个男人还是磨磨唧唧决定不下来，所以我才给他出谋划策。我对他说如果是'黑色教团'收了这个人的话，就不会有损公爵的颜面了。"

马可撩起女人蓬乱的金发，在她粉色的耳垂上轻轻一吻说道：

"做得真棒！太感谢你了。但是经你之口，公爵会以为那是皇帝的意思。我担心如果有一天他知道并非如此，会给你带来危险。"

奥琳皮娅发出一连串的悦耳笑声。

"没事没事，我早已防患于未然了。无论怎样，我也是不可能直接与神圣罗马帝国皇帝兼西班牙国王查理五世直接联系的。他是欧洲最强君主，还四处打仗，我这样的小人物根本无法轻易联系到他。在罗马有一位红衣主教，他是一位出生于意大利的西班牙人。我把情况都跟他做了汇报。我跟他说事情是怎样的，因为没有等待指示的时间，所以我就怎样做了。他已经给我回复了。从佛罗伦萨到罗马，信使快的话只要一天时间就能把消息送到了。"

"他是怎么回复你的？"

"他表扬我说，从稳固亚历山德罗的地位这一点出发，在那种情况下这的确是个高明之策。他鼓励我让我今后要更尽心尽力，还给了我一大笔钱呢。

"那个红衣主教，甚至包括皇帝，也许内心都不怎么相信亚历山德罗吧，不过那也难怪。他给我的信里还让我对公爵说，胡乱逮捕良民严刑拷打这类荒唐事，以后请务必不要再做。"

唯一让马可担心的事也解决了，现在他终于可以放下心来。

虽说结果成了奥琳皮娅的一份功绩，但原本就是他先去拜托奥琳皮娅才有这些事。最重要的是,半月馆的老板因此得救了。

虽然已经如承诺过的那样亲吻到女人喜极而泣,但马可还是不自禁地想以另一种形式好好感谢她一下。马可看着走下床披好室内便服、披散着长发的女人,考虑着以怎样的形式来表达这份谢意最为恰当。

在威尼斯时,马可断断续续给她送过不少礼物,但那些只不过是有了亲密关系之后,任何一个男人都会送的一些东西,不外乎天鹅绒或是有着精致花纹的布匹,要么就是有着金色纹路的玻璃器皿,都不是什么太过昂贵之物,和赠予之人的心意是成正比的。但这一次如果是送那样的礼物就完全无法表达出他的心意了。

马可第一次产生了和这个叫奥琳皮娅的女人保持长久关系的想法,所以这一次的礼物必须和这份心意相符。

男人从床上坐起身叫了女人一声。正在镜前编着一头浓密长发的奥琳皮娅停下手,走过来坐在床边。马可拉着女人的手让两人更加靠近,注视着她的眼睛平静地说:

"我想送你一件礼物。我知道你并不缺什么珠宝首饰,但我还是想送你一件贵重的东西。我们现在一起去做珠宝首饰的匠人那里,你随意挑一件你喜欢的。"

原以为她会开心得尖叫起来,想不到奥琳皮娅看着男人脸庞的眼神突然变得呆滞了,下一瞬间泪水盈满了她的眼眶,湿润了她的双颊。

奥琳皮娅是一个高级妓女,她早已习惯了男人送她礼物,昂贵的东西至今不知收到过多少。

正因如此,她完全知晓男人通过礼物表达的感情也是千差万别的,并不是礼物越贵表达的感情就越强烈。从何时、在何种情况下赠予这两点,可以推测出对方发自何种感情。奥琳皮娅立即会意了马可对她产生的与此前完全不同的那种感情。

女人默默靠了过来,解开了已经编好的长发,散在男人胸膛上。马可对女人这一意外的举动稍稍有些疑惑,但内心立刻涌出一分温柔的情愫。在他俩之间,如今除了单纯的男女感情之外,又增添了一份别样的情感。

据说这位工匠是佛罗伦萨最优秀的匠人,美第奇等名门望族的珠宝首饰都由他一手包揽。但也许工匠的工作室都差不多,家具乱放,似乎没有客人下脚的余地。

来迎接的工匠大师对站在工具前的二人究竟是何种关系貌似一时无法判断,他显露出了不信任的表情。当他得知二人想买首饰后,就命学徒取来了一些。在工具旁的小桌上,除了凿子和小刀以外,还铺着一张黑色呢绒。即使对饰品不甚了解的马可也能看出学徒取来的这些饰品不怎么样。

奥琳皮娅仿佛知道该如何应对这类匠人,她用平稳的语气说："我们想看一些更贵一点的。"匠人并没有直接回答，而是对学徒又说了两三个行话字眼。徒弟点头后再次取来一些，这一次放在黑呢绒布上的物品和之前截然不同，都是些即使戴在威尼斯总督夫人胸前也并不显过的首饰。

面无表情的匠人依然一言不发地等待着女客的反应，他落在奥琳皮娅脸上的眼神，好像是在期待着对方继续问有没有更贵的一样。马可以为奥琳皮娅会在这里面选一样，但她好像对第二次拿来的饰品依然没有太大兴趣。匠人对奥琳皮娅开门见山地说：

"比这些更贵的饰品只能定制了。"

奥琳皮娅依然用平静的语气回答道：

"那我们就定制吧。能让我们看一下宝石吗？"

学徒第三次拿来的不是现成的饰品，而是宝石。奥琳皮娅非常仔细地看过后，从中选出三颗，一颗 3 厘米 × 2 厘米深红色宝石，一颗 2 厘米 × 1 厘米的绿色宝石，还有一颗水滴形状的大珍珠。然后她在一旁的纸上画起了自己构思的图案，告诉对方自己想做怎样的款式。

最上面是金边包裹的绿色宝石，在它下面连着同样是金边包裹的红色宝石，两颗宝石周边部分都用黄金打造的线条定型。在绿色宝石和红色宝石的下面，悬垂着的就是那颗有着柔和光泽的水滴形珍珠了。而这条挂在脖子上的项链得用至少十五根以上的极细金链绕制而成。

匠人的神情一变。奥琳皮娅也不管他，转过身对站在背后的马可有些难为情地说：

"这是我在罗马在一幅肖像画上看到的首饰，当初看到它时我就希望自己也能有那么一条。"

直到刚才还是面无表情的匠人这时突然插嘴。

"是名叫拉斐尔的画家画的一幅画吧？"

"画家的名字我不记得了，只记得当时很喜欢那幅画。那是一个穿着简单衣裙的年轻金发女子的肖像画，她蓬松的袖子和那颗红宝石颜色相同，画中她还把一只独角兽的幼兽抱在自己的膝上。"

匠人脸上浮现出兴奋的表情。

"那是我师父的作品，他在十多年前英年早逝。他创作那幅画时，我还是一个刚被允许调配颜料的新手学徒。"

匠人突然变得多话起来。对此最感到惊讶的并非马可这些客人，而是在工作室中工作的学徒们，他们都停下了手中的活儿，用一种震惊的神情望着自己的师父。

"那幅肖像画上的人，是一位年轻美丽的妇人，她真是一个完美的模特。她第一天来的时候，戴着一条有些夸张的金项链，衣服也是花里胡哨的。我师父拉斐尔让她换了套衣服，对她说你青春靓丽，简单的服装更能衬出你的美，还让她把头发披散了下来。但那条项链却不知该怎么办，因为她没有让师父感觉满意的项链。

"当时我们这些弟子也被允许在一旁画模特，我画的时候，在项链部位画上了我自己的创意，不想师父看到之后大加赞扬，那位大名鼎鼎的巨匠竟然把我这个初来乍到的弟子创作的项链直接画到了他的肖像画上。我感动不已，真是太过完美。就是在那时师父对我说，比起画画，说不定你在另一条路上会有更好的发展。我走上制造珠宝首饰这条专业之路，其实就是缘起这条项链。

"多谢您还一直记得。打造这条项链的工作我不会交给学徒，而会亲手制作。当时只是一幅素描草图，但这次是做成实物，这正是一个首饰匠人一展身手的机会。"

奥琳皮娅只是嫣然一笑。马可因为不曾亲眼见过拉斐尔的那幅画，不能像二人那样清晰想象出项链的样子来，但既然这位匠人如此重视这件事，想必一定能制作出一件佳品吧，马可放下心来。

不过匠人索要的报酬也是不菲。奥琳皮娅选的宝石都是最高级别的，尺寸也不小，需要这些费用也是理所当然。当初没有就礼物的预算说定，不过这样一笔超出预想的费用并没有让马可动摇。如果他开设账户的威尼斯银行在佛罗伦萨设有分行的话，付个汇款手续费就能解决了。

从匠人工作室出来回家的路上，马可对走在身边的奥琳皮娅说：

"既然使用了那样的宝石，比起简单的金链，用珍珠串成项链岂不更加华美,你说呢?"

女人靠近男人的身体,一边感受着男人的手臂一边回答说:

"我就喜欢那样的。那可不是别人而是你送我的礼物,我想片刻不离身地戴着它。"

马可也不顾旁人的目光,一下子拉过女人,在她的额头上轻吻了一下。

河面上凉风阵阵,他们正步行在老桥上。

# 冬日晴天下的佛罗伦萨

日子一天天平静地过去。

半月馆老板乔瓦尼的身体虽然恢复得很慢,但也是一日胜过一日,那种活着的感觉对他体力的恢复起到了巨大的作用。在刚被释放时,如果没有他人帮助,他都无法独立下床,但最近已恢复到可以撑着拐杖在客人中间走来走去了。

乔瓦尼自那之后再没有收过马可的房租。无须别人多说什么,他深信自己能被释放完全就是马可为他全力奔走的结果。每个月当马可来付房租和饭钱时,性格豪爽的乔瓦尼就像一个祈求别人帮忙的小女孩那样轻声而严肃地说:

"先生您什么也不用说,我不会特意打听什么。但您就让我这样做吧,否则我真过意不去呀。"

马可准备暂时接受他的这份心意,并不是他真想节省每月这十个达克特金币,只是觉得如果拒绝了这种方式,乔瓦尼定会想出别的感谢方式,不论是什么马可都觉得反而会更麻烦。为了避免发生那种情况，他决定暂时就这样吧。

"那么我就从半月馆的客人变成你的客人吧。"

乔瓦尼听马可这样一说，终于放下心来露出了久违的笑容。

乔瓦尼的妻子对马可也是一改常态。当马可在半月馆吃饭时，她会只给马可送上他并没有点的特别菜肴，而这只是个开头。之前都是派男仆到马可的租借之处来做各种清扫整理工作，如今却是她本人过来事无巨细地查看一切。

但正是他们的这种周到，反而让马可觉得有些承受不起。虽不是立即，但他觉得差不多也是他离开半月馆的时候了。如果是搬到别的旅店好像有那么些孩子气，但如果不是有人邀请他作为客人住到自己家里，离开半月馆即意味着离开佛罗伦萨。

停留在佛罗伦萨已近三个月，可以说要看的都已经看得差不多了。想要欣赏那些个人收藏的艺术品是不太可能的，在威尼斯也是一样，如果没有熟人引荐，不可能随随便便去敲别人家的大门。

不过，市政厅还有各类工会会所以及教堂等公共建筑弥补了这些不足，与威尼斯一样，这些建筑物就是艺术的宝库。不仅是建筑本身，还有装饰在内部的壁画和雕刻，再加上通过修道院深处默默抄写着的教士们的辛勤努力，众多古代著作得以重见光明。马可整日浏览欣赏这些景物和名作，在佛罗伦萨的时间一晃而过。

不过看了三个月，想看的都如愿以偿。马可觉得在教皇所在的罗马迎接基督教圣诞节应该也不错。

唯一让马可挂念的就是奥琳皮娅了。

马可和奥琳皮娅把那条项链秘密地称作"拉斐尔项链"。因为匠人师傅把所有的工作都放在一边，集中精力亲自动手，所以项链不到半个月就做好了。

在这方面完全不精通的马可，当初看到草图时根本想象不出实物究竟是什么样子，但当他亲眼见到时不得不叹服，难怪拉斐尔当初会采用这个款式。这条项链华美无比又高雅精致，马可作为赠礼之人都感到非常满意。多根搓成丝线般粗细的金链扭绞在一起，更显得雍容华贵。

不过马可也因此不得不给匠人支付了一大笔钱。

那个年代如果不把房租算进去，二十个达克特金币足够一个小家庭生活一年了。政府机构中的公务员，年收入也不过一百多达克特金币。即使是在威尼斯这样的富裕之国，年收入超过一千达克特金币的，可能也只有经济上极其富裕的最上层人士。

丹多洛的家主马可不可能随身携带这么一大笔现金出来旅行，他使用的一直是汇票。丹多洛家的开户银行以前在佛罗伦萨也有分行，不过十年之前关闭了。如今他只能使用佛

冬日晴天下的佛罗伦萨

罗伦萨的萨尔维亚蒂银行的汇票,这家银行在威尼斯有分行,因为往来金额很大,所以只能通过这样的大金融企业。

汇票上明确注明支付的规定时间,而这个时间根据汇票出票地到受票地之间的距离和通行困难程度又有所不同。比如说,若出票地是在威尼斯,那到巴塞罗那是一个月,到布鲁日是两个月,如果是到伦敦或是土耳其的首都君士坦丁堡,则大约需要三个月时间,而到佛罗伦萨只需要十天。虽然威尼斯和佛罗伦萨的市区状况截然不同,但毕竟都是意大利的城市。

所以这一次通过汇票,支付这么一大笔钱,也万无一失地解决了。马可在同一家银行里把钱都兑换成了佛罗伦萨的法定货币弗罗林金币。银行职员说在佛罗伦萨人们更喜欢收到的是达克特金币,但马可还是没有选择威尼斯的货币,而是选择以弗罗林金币来支付。他可不想引起更多人对他的关注了。

但弗罗林有两种,马可必须在其中选择一种。

第一种是直到六年前的1530年,人们使用了将近三百年的货币,它代表了佛罗伦萨的经济,是共和制时代的金币。在它的正面雕刻着佛罗伦萨的守护圣人施洗者圣约翰,而背面则雕刻着象征佛罗伦萨的鸢尾花。

另一种是佛罗伦萨共和国衰亡,美第奇家族在1530年开始统治之后铸造的金币。虽然同样被称为"弗罗林金币",纯度上也没什么变化,但是分量上稍稍轻了一些。

共和制时代的金币虽不再制造,但依然在市场上流通,所以不论兑换哪种金币都可以,但马可还是听取了银行职员悄声给他的忠告:

"虽然大家嘴上不说,但心中都更倾向于有鸢尾花的那一种。"

与其说这是对共和制时代的一种怀念,不如说是对金币重量有看法。虽然含金量只是减少了一点点,但其实就是货币贬值了。这一点对于继续保持着金币纯度和分量的威尼斯共和国的市民马可来说,并不难以理解。马可心道,看来佛罗伦萨的经济真的是进入衰退期了啊。

一枚弗罗林金币是 3.5 克,若是一千枚以上的话就是 3 千克多了。马可带着仆人去取钱,但分量真的不轻,难怪人们很早就开始用汇票了。萨尔维亚蒂银行帮他们把钱币分装在几个牢固的皮袋里。

那皮袋引起了马可的注意,因为在皮袋一角印着一个小小的银行所属家族的家徽。威尼斯的银行也会提供类似的袋子,但佛罗伦萨这个皮袋的样子真是无可挑剔。

马可感叹佛罗伦萨人的高品位在这么小的地方都有所体现。他很想留下一个自己使用,又不好意思说出口,只好计划到时把金币付给匠人后,把皮袋留下。

即使是这位手艺顶尖的匠人师傅，这么贵重的定制首饰在他的工作室里也并不常见。大家等着马可来到工作室，学徒们停下手中的活儿，看护着金币和饰品，让这笔交易顺利完成。工匠师傅感慨道：

"完成它的第二天，我什么事都没做，欣赏了它一整天。"

他脸上的表情仿佛是根本无法忍受别人带走它，因为他和奥琳皮娅有过协定，保证同样的饰品不会再打造第二件，这也算对定制者的一份感谢之情吧。他恋恋不舍地仿佛要和项链亲吻般，最后终于完成告别仪式，把项链交到了马可手中，而家中的奥琳皮娅已经等不及了。

奥琳皮娅一看到项链，欣喜若狂得一点都不像平日的她了。她在镜子前不厌其烦地看了又看，嘴里嘟嘟囔囔地说着外出时要如何戴。她一会儿把坠饰部分隐藏在衣服里，一会儿又把它拉到衣服外。但是若把项链全部露出来，那绿色宝石、红色宝石，还有水滴状的珍珠的组合实在太过奢华，不可能不被人注意到。

无论多么昂贵的首饰，只不过就是一样东西而已，但这东西本身却会带给人无法想象的变化。关于这一点，马可至今从未想过。

奥琳皮娅最近真的变了。不仅是奥琳皮娅，马可也变了。

以前的奥琳皮娅当然也不算是个冷漠的女人，对马可来说更不仅仅是最好的女伴,还是最合拍的床上伴侣。这次二人相处时的感觉改变了。即使做的事没有什么变化,但二人之间更多了一份余味无穷的亲密。男人敏锐地感受到了女人的变化,当她把手放在男人膝盖上的时候,当她双手搂住男人脖颈的时候,当她把脸埋在男人胸前的时候……

马可把自己半否定半怀疑的想法直截了当地说了出来:

"收到昂贵的礼物会不会对你造成一种束缚呢?"

这种时候一般女人都会立即否定,但奥琳皮娅却点头承认了。

"是呀,是有一种被束缚住的感觉。不过,如果是从一个一点也不想被他束缚的男人那里得到,即使礼物再昂贵,即使他给我矗立在罗马市中心历史悠久的一整座宫殿,我也不会有半点被束缚的感觉。"

奥琳皮娅说完这些便不再多说一句。马可热烈地吻了一下女人的颈项。他即使可以消化女人的变化,也无法消化自身的变化。

马可活到现在,不曾给哪个女人送过特别值钱的、可以称之为"礼物"的东西,他单身,也没有未婚妻。

他和奥琳皮娅之间发生过很多事,但也交往了挺长时间。在三十几岁这个对于男人而言身心变化最剧烈的时期,她应该算是马可身边关系最为亲密的一个女人了。虽然林林总总给她送过不少表达感情的小礼物,但像此次这般的大手笔还是第一次，即使这一次一开始也只是想着送一件礼物给她而已。虽然东西由他赠送，却是由奥琳皮娅自己选择，所以一开始他就做好了礼物价格也许不菲的心理准备，所以他对于这样一个结果并没有大惊小怪。相对于马可的财力而言，这只不过是一笔稍稍有些高昂的费用而已。

而且，对于奥琳皮娅救出半月馆老板这份功劳来说，这点礼物根本算不上什么。当然，奥琳皮娅不仅是因为这个才收下的礼物，马可也不是仅仅因为这件事才送的，应该说是二人之间长期孕育的感情以这份礼物表现了出来吧。

马可把奥琳皮娅话里的主体和客体变了一下，在心里重复了一遍。

"如果是完全不想束缚别人的女人，或是完全不想被对方束缚的女人，无论赠送的是多么昂贵的礼物，即使是矗立在威尼斯大运河河畔的历史悠久的一整座宫殿，我也不想束缚对方或是被对方束缚。"

一丝微微的苦笑深深印在马可的脸上。意大利的漫游之旅虽然发生了一些意外，却并没有让他感到不快，然而这份从未品味过的甜蜜感觉反而让他越来越不安了。

他无法给这份不安一个准确的解释，这让他苦恼不已。奥琳皮娅这个罗马妓女，从未想过要成为威尼斯名门望族丹多洛家的夫人，这一点马可比谁都清楚。奥琳皮娅只是想和他在一起。这份不安其实来自他自己。

马可的心仿佛分裂成了两个部分，一半祈愿着如今这份幸福可以尽可能地持续下去，而另一半则对这份感情的持续感到恐惧，他甚至会想他死去的好友埃尔维斯会怎么做。埃尔维斯总是不考虑任何后果，能走多远走多远，所以莉维亚才会愿意为了他奋不顾身吧。

要不就离开佛罗伦萨去罗马吧，马可心想。奥琳皮娅在佛罗伦萨还有任务在身，他就独自出发吧。

恋爱中的女人全身就像一部灵敏的仪表一般。晚餐结束后，二人坐到烤得暖烘烘的火炉前，男人坐在一张宽大的椅子里，女人则横坐在他前面的地上，上半身靠着他的膝盖。奥琳皮娅抬起头问马可：

"你在思考什么事吧？"

马可看向燃烧着的火堆，用几乎是十分难过的声音回答说：

"我想到罗马去，不能和你一同前往真是遗憾。"

马可第一次知道女人眼中可以流下这么多的眼泪，她一句话也不说，只是一直哭。马可的感受如同刻度盘般准确无误，他知道心中的后悔之情将会汹涌而来。

他从椅子上站起来，看了一眼坐着的女人，又立即在她身边跪下，然后拿起她的手一边亲吻一边说：

"那我就留在佛罗伦萨吧，我保证一直待到你可以走的时候。"

奥琳皮娅的眼泪并没有就此停止，因为又哭又笑，她的脸花成了一片。马可第一次知道妆容花掉，口红和眉毛糊成一片的女人的脸竟然如此美丽。不对，马可至今一次也没见过女人妆容凌乱后的脸。

那天，二人度过了一个无须言语，漫长而甜蜜的夜晚。

第二天上午马可跨进借宿的房门，仆人过来迎接他时流露出一种少见的慌张神色，他告诉马可，洛伦奇诺·德·美第奇家的仆人昨天来了，今早又来过。马可问对方是否有什么事，仆人摇头回答说：

"他没跟我说，只是问您什么时候回来。"

马可心说如果真的有什么要紧事总会再来的，如果是像之前一样只是请我去看什么艺术品，好像也用不着这么心急火燎吧。

《春》

马可站在洛伦奇诺家门口,出来迎接他的并不是之前那个用人。出来开门的虽然是用人,但几乎同时,洛伦奇诺的身影就出现在了二楼的楼梯上,用人已不用再去通知主人客人已经到达。洛伦奇诺就像昨天才跟马可见过面一样,简单打了声招呼后就直接把他带到了楼上,这让马可再一次感到这位美第奇家族二十二岁的贵公子还是太过年轻。

年轻人没有让马可停在二楼,而是领着他继续往上走,说道:

"那晚给您看了'豪华者'洛伦佐收藏的艺术品之后,我跟您说过下一次会给您看一件我自己的东西。今天我想来兑现那个承诺。"

马可面露微笑,心里却想,就算如此也不用这么着急吧。而这个不露痕迹的微笑,在年轻人为他打开房门,他踏入房间的一刻,凝固在了脸上。

房中两扇朝东的窗子大开着,这间大概就是主人洛伦奇诺的卧室了吧。在这个两扇窗户洞开的空间中,放着一张雕花支柱的大床,厚质丝绸从上方垂下,优雅地从四面罩住了床。

但让马可看呆的并不是这张床,而是床两边墙壁上的两幅画,它们让他惊讶得几乎无法动弹。他第一次明白了什么叫作震惊到忘记呼吸。

两幅画均是约三米长、约两米宽,并没有大到覆盖住整面墙。但可以说只要有这两幅画挂在那里,所有的装饰品都相形见绌,没有存在的必要,因为它们的美压倒了一切。

左边画中的爱与美之神维纳斯犹如刚刚从海中浮现出一般,站在一旁的花之女神仿佛正准备给刚刚诞生、几乎全裸的维纳斯披上一件轻薄锦衣,西风之神则为维纳斯吹动她站着的贝壳小舟。

右边的画上画着八个等身大小的人物,像是一幅群像画。除去左右两边的两个男子,其余都是用薄纱遮盖着身体的女子。她们是维纳斯、芙罗拉,还有互相牵着手在跳舞的美惠三女神等。画中繁花似锦,朵朵都画得栩栩如生。

这位威尼斯贵族已经震惊到无法用言语表达自己的感受,只是怔怔地出神望着油画。站在他身后的美第奇家的年轻人用掩饰不住的骄傲语气说道:

"佛罗伦萨人把这两幅画称作《维纳斯的诞生》和《春》,

它们的创作者是桑德罗·波提切利。这是我祖父的收藏品。"

马可听后意外地转过身。年轻人微笑着继续往下说：

"我的祖父和年长他十四岁的'豪华者'洛伦佐是堂兄弟，他的名字也叫洛伦佐。大家为了把他与'豪华者'洛伦佐区分开来，把我的祖父称作'庶民'洛伦佐。

"'豪华者'洛伦佐与'庶民'洛伦佐虽然年龄相差很大，却跨越了隔阂，关系甚佳。这两幅画是波提切利在鼎盛时期所画，原本是'豪华者'洛伦佐的收藏品，不过，'豪华者'洛伦佐当时因政治、外交，需要用到钱的地方很多，渐渐囊中羞涩。我的祖父是他的债主之一，他向我的祖父推荐了这两幅画。

"年轻的祖父喜出望外地买了下来。波提切利本就是他非常喜爱的画家之一，他还曾特意让波提切利为但丁的《神曲》绘制过插图。

"祖父应该是把这两幅画搬到了卡斯特罗山庄，作为装饰供自己欣赏。所以，在萨伏那洛拉煽动市民驱逐美第奇家族的那个年代，它们才得以逃脱一劫。

"真是九死一生。那个疯狂的萨伏那洛拉，为了在佛罗伦萨建造一个神的王国，把那些非基督教主题之物都视作他前进的障碍，不管是绘画还是书籍都投进了被他称为'虚荣的篝火'的大火中焚毁。如果这两幅画着古代世界中的女神的画作被那个疯狂的会士看到，后果真是不堪设想。据说甚至连

《春》

创作者波提切利本人,当时也被萨伏那洛拉洗了脑,对自己曾经的作品感到羞愧不已呢。"

马可静静地听着这位年轻人的话,两眼依然紧紧盯着那两幅画。

在威尼斯当然有比这两幅画更大的作品,总督官邸会议室里挂着的油画甚至和墙面一样大。除此之外,贝里尼兄弟、卡帕乔也画过比这面积更大的作品。然而,即使是同一时代的作品,在威尼斯画家的画和这两幅画之间,依然存在着巨大的差异。

波提切利的作品中充满了一种优雅之美,而这份美又非静止,而是动态的,好像能让观赏者感受到一种力量在迫近自己,并把自己包裹其中。只有艺术家在鼎盛时期创作出来的作品才能把美感和力量融合得如此完美,而这两幅画正是如此。

马可明白在如此难能可贵的幸福面前,任何语言都是苍白无力的,他已不想用任何语言来表达自己的感受。洛伦奇诺仿佛洞察了马可的内心一般,没有提出任何问题,为了让客人可以继续保持这种沉默,他接着说:

"看过这幅作品的人都说它展现了佛罗伦萨的春天。虽然'豪华者'洛伦佐的时代已经过去了半个多世纪,但这幅画重现了那个幸福年代的花之都佛罗伦萨。"

马可没有表达自己的感想,只是突然说:

"美惠三女神中间那个可以看到侧脸的女神,很像我在花之圣母大教堂中见过一面的您的妹妹。"

洛伦奇诺爽朗地笑了起来。

"我一直都这么觉得,您也这么想吗?"

他面含微笑继续说道:

"我常常对妹妹说,是不是因为她从小在这幅画边长大,所以画中的女人附到了她的身上。"

洛伦奇诺说这些话时完全恢复了属于年轻人的率真之态。马可受其影响,也恢复了真正精英人士一贯的幽默风趣,但他突然发现这两幅画都没有画框。美第奇家的年轻人用轻快的语气回答道:

"它们一直被收藏在卡斯特罗山庄,是我让人把它们搬回佛罗伦萨的,搬运途中画框损坏了。原来的画框呈一种古朴的金色,质量也很好,但毕竟过去了五十多年,搬运途中不堪碰撞就坏了。

"被搬到这里之后,我又重新定制了两个画框。在等待完成期间,这两幅没有画框的画就好像两个本该着装却没有穿衣的人一样让人感觉很不自然。于是,妹妹给我出了个主意。"

这么一说,马可发现不论是《维纳斯的诞生》还是《春》,都装饰着一种很女性化的"画框",是一种宽边的白色丝绸,每隔三十厘米左右在褶皱处用浅紫色丝绸打一个蝴蝶结。

马可立即想到了威尼斯的枝形吊灯。

威尼斯富裕家庭中使用的那种从天花板上悬垂下来的照明灯，基本都是穆拉诺岛生产的，属于威尼斯特产的玻璃制品。那种照明灯通过白色、蓝色或玫瑰色的玻璃反射出淡淡的光，深受威尼斯人的喜爱。

但如果这种威尼斯特有的照明灯，使用那种涂成金色的金属锁链从天花板垂吊的话，雅致便荡然无存。

于是有人想出用或厚或薄的绸布绑住锁链并打上蝴蝶结，让锁链从内侧穿过。这种玻璃灯重量不轻，实际吊着它的就是锁链，为了隐藏不够优雅的金属锁链，所以用了绸布包裹。对熟悉这种装饰方式的马可而言，洛伦奇诺妹妹设计出的这种"画框"让他备感亲切。

这个美第奇家族的年轻人一说起妹妹，脸上的表情也变得无比温柔。

"其实定制的金色画框后来也做好了，但我觉得这样也不错，况且又是妹妹特意为我设计的，就保持了下来。"

年轻人在妹妹身上花的心思之细之深，给没有妹妹的马可留下了深刻的印象，甚至还有些羡慕。

洛伦奇诺等到客人终于把目光从两幅杰作上收回时，把马可带到了床边小桌旁的书桌那儿。

那张书桌不是用于伏案工作的，而是在教堂的祭坛旁常可以见到的长腿立式桌,让人站着看书的那种。一般人家大多会在它上面摆放画着细密插图、装饰精美的大开本《圣经》,展示最爱读的那一页。这种书桌与其说是读书用具,不如说更接近于一种室内装饰家具。

洛伦奇诺卧室中这张书桌上摊开着的并非《圣经》,而是但丁的《神曲》,而且还不是街市中随处就能买到的那种《神曲》印刷本。它上面的每个文字都是用哥特体一笔一画写下的,这样的版本已足够让人爱不释手,而且每隔几页还绘有插图。美第奇家族的这个年轻人边给马可展示用银质笔创作的插画边介绍说:

"这就是波提切利给但丁的诗歌所配的插图。"

这个威尼斯贵族在但丁和波提切利这两位佛罗伦萨的大艺术家创作的极致的美面前,再一次叹为观止到忘记了呼吸。他直直地盯着《神曲》翻开的那一页,发现正是《炼狱》第三篇中的一段。


——我转向那个男子,眼睛一眨不眨地看着他的脸。

他一头金发,站姿优美,在眉间留有一道被砍过的伤口。

我谦恭地否认曾见过他。他说:

"那么你看看这儿。"

他指给我看他胸膛上的一道大大的伤疤,微笑着说:

《春》

"我是曼弗雷迪,也就是康斯坦丝皇后的孙子。

"我请求您,待您复归人世,能去看望我那继承了西西里和阿拉戈纳两个王朝的美丽女儿,然后告诉她,那些坊间传闻完全是胡说八道,您现在看到的才是关于我的真相。"

书就翻开到这一段,马可猜不出洛伦奇诺到底在想什么。

像这种书桌上放着的书籍一般是随手翻到一页就放在那儿不动,也许这只是一个偶然。

或者是美第奇家的这个年轻人和别人一样,有着一颗爱朗读诗歌的心,会不时朗读《神曲》中最美的这一部分吗?

又或是他和那位神圣罗马帝国皇帝腓特烈二世——与其父一般同天主教教会为敌,结果被教皇逐出教门,最后战死沙场——那位生活在两百多年前的年轻君王产生了共鸣吗?

马可想问个清楚,但踌躇之下还是没有问出口。他看见在这张书桌旁的小桌子上还放着一本翻开的书,那是普鲁塔克所著的《希腊罗马名人传》的希腊语印刷版。摊开着的那一页不是亚历山大大帝那篇,也不是恺撒大帝那篇,而是关于布鲁图斯的。

尤利乌斯·恺撒到底是不是一位暴君另当别论,但布鲁图斯是敢于向独裁统治挑战的人,难道说这个美第奇家族的年轻人与这位布鲁图斯也产生了共鸣吗?

在《希腊罗马名人传》的旁边还叠放着两本书，是尼可罗·马基雅维利所著的《君主论》和《政略论》。

马可一看到这两本书的封面就知道是什么书了。在他被革除公职，住在维罗纳别院的那些日子里，就一直和这两本书为友清净度日。它们是四年前印刷出版发行的书籍，作者是佛罗伦萨人，九年前已离世。

马可之所以买下这位作家的著作，就是因为写这本书的人也参与过国家政务，并且同样被革职，与自己的经历十分相似，当然优质内容也让他读得津津有味。他很想问一下与作者同为佛罗伦萨人的洛伦奇诺究竟对书的哪些地方最感兴趣。

不过比起这些，此刻占据了马可头脑的还是其他一些问题。

卧室可以说是所住之人的城堡，从这个每晚可以让人身心休憩的地方其实最能看出这个人最真实的一面。

优美的《春》和《维纳斯的诞生》，但丁流丽的诗歌和波提切利精美的插画，布鲁图斯压抑的热情和马基雅维利冷静的现实主义，究竟哪个才是洛伦奇诺最真实的一面呢？抑或全部都是？

从敞开的大门外传来仆人的声音，把马可拉回了现实。

"主人，韦托里大人到了。"

"带到起居室来吧。"

洛伦奇诺又转身对马可说:

"我差点给忘了,应该一开始就跟您说一声的。我把遇见您的事和某人说了之后,他说很想见见您。所以我就请他今天来共进晚餐,您不会介意吧?"

马可对年轻人微微一笑,回答说"十分荣幸"。

但其实他心口不一,他预感到是他丹多洛的姓氏被更多人知道了。

# 佛罗伦萨的灵魂

马可面对那个男人时就凭直觉感到，撇开出生的国家和年龄的差距，这个人和自己是同一类人。

那个男人自我介绍说叫弗朗切斯科·韦托里。

他看上去六十出头，身材颀长，即使身体已失去了年轻时的柔软灵活，但自有一种儒雅气度让他充满了男性魅力。

在他佛罗伦萨男人特有的瘦削的脸上刻着深深的皱纹，但头上的白发又削弱了那种凌厉之感。

他的眼睛很好，冷静与稍稍有些顽皮的目光交错闪现，既让人产生信任感，又好像在警告对方此人不可信任，很是危险。

他的衣着第一眼看上去甚是随意，并不昂贵，好像不是会在服装上浪费时间的人，但其实他的穿着十分得体。他给人的感觉就是所有想做之事尽在掌握之中，一直都被幸运女神眷顾着。

马可想起了"真正的意大利绅士"一词，意指那种出身良好、身份高贵、有教养、有品位的男人。这个名叫弗朗切斯科·韦托里的男人正是具备了以上所有特点。

但马可在和他相见的那一刻凭直觉感到对方和自己是同一类人这一点，并不是由于韦托里的外表，而是别的一些东西。随着三人谈话的进行，他对这一点越来越深信不疑。

不过，对于威尼斯人马可来说，这个人身上有一处是他绝对没有的，韦托里的每一句话里，都有一股仿佛撒入肉食中的香料一般刺鼻的味道，柔软地刺着人。

马可原本以为会见到一位国家正进入衰退期的典型绅士，但不想却是一位被认为是意大利最具批判精神的佛罗伦萨男人。

无论如何，那晚的讨论都让马可终生难忘。他的祖国威尼斯不缺婀娜多姿、光彩照人的美女，也不缺从南边埃及或北边北海运来的山珍海味，但像这种可以让人把吃过什么都忘得一干二净、带给人精神快感的语言飨宴，实在是不可多得的幸运。


主人洛伦奇诺在态度上比之前要放松很多，也许是因为和马可已经是第二次见面，和韦托里又是熟人。在烧得旺旺的暖炉前，已备好了三人的座椅。

老仆人端来了餐前葡萄酒。马可一拿起杯子就闻出这是洛伦奇诺引以为傲的那种带着鸢尾花香气的葡萄酒。

韦托里好像也不是第一次喝这种酒，他抿了一口之后，向马可举起杯子，有些坏坏地笑着说：

"为共和制干杯！"

马可被他引得笑了起来，他想起鸢尾花正是佛罗伦萨在共和制时代的纹章。

不只马可，洛伦奇诺也被逗得笑出了声。老绅士转向洛伦奇诺，继续用那种沉稳中夹杂着一丝讽刺的口气问道：

"你还热衷于研究马基雅维利？"

美第奇家族的年轻人认真地回答道：

"当然了，不仅很有兴趣，而且还越来越上瘾了呢。"

老绅士面对着年轻人微笑着继续说：

"洛伦奇诺阁下，您可得当心这个马基雅维利，不要忘了受他影响的年轻人，很多可是以悲剧收场啊。"

这时，韦托里又转向马可，但话依然是对美第奇家族的年轻人说的。

"我非常愿意跟您讨论马基雅维利，很令人愉快。只是今天这位威尼斯先生也在场，要不我们还是下次继续吧。"

在洛伦奇诺回答之前，马可抢先开口说道：

"二位完全不用介意我，不，应该说对这个话题我也非常感兴趣，因为这位作者的作品我都读过。"

韦托里接过话头说：

马基雅维利

"那真是太巧了。马基雅维利的著作被印刷出版,本来读过他的书也没有什么令人惊讶的,但那个男人提出的思想,往好了说是具有独创性,往坏了说正因为具有独创性,所以在很多常识上与我们生存的这个时代是背道而驰的。您读的应该不是那部被改编成戏剧后大获成功的《曼陀罗》吧?"

即便被这样问,马可也不忘对长辈应有的礼貌,虽然内心稍有不快,但依然用一种平静的语气干脆地说道:

"《曼陀罗》在威尼斯上演时我的确去看过,但最吸引我的还是他的《君主论》和《政略论》。"

这时,这位佛罗伦萨老绅士的目光、脸庞以及身体已经完全转向了马可。

"这又是一个大大的巧合了。没想到和尼可罗有共鸣的人不但在佛罗伦萨存在,连威尼斯共和国里也有。如果他知道了这件事,一定会开心到大笑起来吧。"

他又用半开玩笑的语气对马可说:"听说您是丹多洛家的家主。如果非旁支而是嫡系的话,那么在政府机构里担任要职是一种义务,这是威尼斯人都知道的事。丹多洛先生,不知您至今担任过哪些政府要职呢？"

马可不经意地注意到，洛伦奇诺好像也对这个问题很是关心，在等待着他的回答。

到底还是暴露身份了，这个想法在马可脑中一掠而过，不过他决定不对这二人隐瞒什么。洛伦奇诺倒也算了，主要是这个叫韦托里的人，胡编一些话想必也行不通。

"我二十岁时被授予了共和国国会的席位，将近三十岁时成为元老院成员之一，几乎同时加入了十人委员会，一直干到一年之前。"

"啊，您竟然在那个鼎鼎大名的十人委员会就职过，就是说您曾处于威尼斯政治外交的中枢领域啊。威尼斯的十人委员会还需要引进马基雅维利的思想吗？这个机构可是比现存任何一个国家的任何一处都更切身实践着马基雅维利主义啊。"

马可面露微笑，回答说：

"让人意识到自己在不知不觉中已经实践了马基雅维利主义，对大脑可是一个很有益的刺激。"

韦托里也禁不住笑了起来。

这时马可转变了话题。老绅士把马基雅维利称作"尼可罗"这一点引起了他的好奇心，从年龄上来看，韦托里和马基雅维利应属于同一时代的人，于是马可问起韦托里是否和

佛罗伦萨的灵魂

那位政治思想家相识。老绅士的眼神像眺望着远方般娓娓诉说起来。

"我和尼可罗可是老朋友了。我在佛罗伦萨时,每天都和他泡在共同的朋友多纳托的店里。我作为大使常驻罗马或法国时,他还不厌其烦地常常给我写信呢。我在给他的信中,每次都以'尼可罗,我亲爱的密友'这个句子开头。'密友'一词,除了亲密之意以外,还有共犯、共谋者的意思。在我们通信期间,我心中的尼可罗不单单是亲密友人,还是一起秘密谋划的同志。

"我们二人在信中从政治聊到女人,简直无话不谈。我觉得尼可罗对我也是一样的。当时他从佛罗伦萨首席秘书官的职位上被撤职,面临着失业,相反我当时是大使,所以他给我写的信,总是像公务报告似的以'伟大的大使弗朗切斯科·韦托里阁下'开头,不过下面的内容就是年龄相仿的损友间的畅所欲言了。

"书信交流就是我们之间的一种谈话方式。朋友之间的这种文字交流,以平等的立场把自己的想法与对方相碰撞,也算一种对话方式了。

"所以丹多洛阁下,让您津津有味读完的《君主论》和《政略论》这两本书是作者在一种怎样的精神状态下写就的,关于这些我一清二楚。就在我和他不到三天通一封信的那段时间里,他完成了《君主论》,也基本定下了《政略论》的大纲。"

这时，马可开口道：

"那么韦托里阁下，您是否赞成尼可罗·马基雅维利的思想呢？我在威尼斯时听说，与他同时代的当权者评论他的想法是理想主义、纸上谈兵的空想、非现实主义，把他的思想完全当成笑话。"

"确实如此，那样评价他的政府人员的确不少。不过也不是所有人都持那种态度，应该说真正为佛罗伦萨未来担忧的人是绝不会只把两本书当作笑话来读的。我和他另外一个好友弗朗切斯科·圭恰迪尼都受到了尼可罗作品很大的影响。不过要问起尼可罗在他的作品中一再提出的建议在实际政治活动中是否被采用，答案是否定的。"

此时马可已经完全忘记自己只是个偶然来访的客人了。

"为什么？我听说韦托里阁下和圭恰迪尼阁下都是佛罗伦萨共和制时代政局中有着强大影响力的人物，你们二人与马基雅维利私下又是好友。为何马基雅维利的思想没有被导入实际的政治活动中呢？"

老绅士并没有因这个年龄和自己儿子无异的威尼斯贵族直截了当的提问而生气，只是他优雅俊朗的脸上浮现出一层讽刺之色，他用一种缓慢的口气说道：

"丹多洛阁下，您是否听人提起过列奥纳多·达·芬奇的机械鸟翼实验？"

列奥纳多·达·芬奇

"我好像没有听说过什么机械鸟翼实验。但我曾见过他在佛罗伦萨五百人大厅墙面上留下的素描，真是令人叹为观止。听说他中途放弃了这个项目，所以如今只能看到留存的一部分，如果这个作品完成了应该又是一大杰作，真是令人遗憾。听说他除了在绘画方面技艺超群之外，还是个兴趣极其广泛之人。在威尼斯还留存着当时为了防御外敌请他设计的土木工程的草图呢。"

"的确，列奥纳多可以说是一位全才，他在涉猎过的领域里都非常有名，还研究过能让人在空中飞翔的机械，被称作'机械鸟翼'，但这种想法在当时的佛罗伦萨太过异想天开。

"可是，算起来离他在那个山丘上所做的实验已过了快半个世纪，如今我们人类依然无法飞起来，也就是说列奥纳多的设想并没有变成现实，因为他想同时利用人类肉体的力量和空气浮力这两股力量来飞翔。当他明白这根本无法做到的时候，不得不放弃了这个想法。

"但是，如果有一天可以找到代替人类本身力量的另一种不可欠缺的、让我们可以飞起来的动力，又会怎样呢？就是不需要人类付出肉体的辛劳就可以实现的一种力量，在那个时代连列奥纳多都没有发现,因此设想没有成为现实,不过相信将来一定有谁能将其实现,因为列奥纳多的设想本身并没有错。

"也就是说,列奥纳多并不是输给了自己,而是输给了他生活的那个时代。他毕竟也不是一个普通人。对于并非因病去世的老人,当时的人们都觉得是被神召唤去了天上,列奥纳多却会为了查出死因而一门心思去解剖尸体,这可不是普通人会去干的事。再加上他可以画出其他画家无法企及的最完美的作品,所以被称为'奇才'毫不为过。

"不过,正因为佛罗伦萨人连这样的能人异士也能包容接受,所以文艺复兴才会诞生于此吧。马基雅维利的思想也是一样。他的视角和由此奠定的思想并没有错,只是在佛罗伦萨,在他生活的那个年代,并没有可以执行这些所必需的'动力'。

"我和圭恰迪尼都是政治家,而政治是一种关于可能性的操作技能。政治家是不允许在还没有操控把握时,就把国家完全置于空中楼阁之中的。

"这就是为什么虽然我从心底里认可尼可罗这个好友,也比其他任何人都更能理解他的那种思想,但我和圭恰迪尼却都拒绝了把它政治化。

"我想尼可罗也是无法成为威尼斯十人委员会的委员长的,因为在你们威尼斯,即使没有马基雅维利,也已经在实行马基雅维利主义了。"

马可沉默了。韦托里继续往下说：

"阻挡在列奥纳多前面的动力问题，相信今后一定有人能解决。同样，马基雅维利的思想，总有一天也会有人创造出实践所需的环境并拥有不可欠缺的权力，到那时，尼可罗思想的正当性就会被证实。这二人都不是普通之人，这就是他们的相同之处。不论是列奥纳多还是马基雅维利，他们生前就一直被有心之人铭刻在心，即使像您这样的外国人也说读了尼可罗的著作之后受到了很大的启发。所以说这二人的想法都具有一种超越母国佛罗伦萨，可以传播到国外的普遍性，即一份从文艺复兴精神的母胎中孕育出来的具有佛罗伦萨灵魂的精神产物。

"不是有那么一句古代格言吗？'斯人已逝，精神永存。'所以我相信理解他们的想法并能将其实现者必将出现。"

与佛罗伦萨街上那数不胜数的美丽建筑物和艺术品不同，佛罗伦萨的灵魂产物也是一种"作品"，这个观点让马可有种醍醐灌顶之感。

当这场谈话的内容变得越来越深刻时，韦托里反而突然如普通城里人那样有了一丝羞愧之色，他转换成一种轻薄的口气继续说：

"话虽如此，尼可罗的眼光也并不尽在远方，正如您读到的，里面也有相当现实的部分，其中最重要的一点就是关于阴谋的讨论。"

马可深深地点了点头，洛伦奇诺乘势插话进来。

"那部分的确最为精彩。他能分析得那么锐利深刻，说明已经把人类的本质看得一清二楚了。"

老绅士展颜一笑，缓缓地继续说道：

"那么，在今晚飨宴的后半段，我们就围绕阴谋的解剖学继续讨论吧。"

# 一场关于阴谋的讨论

六十多岁、三十多岁和二十多岁的三个男人齐聚一堂并不罕见,但明显出生于不同年代的三个男人,以同样饱满的热情讨论一个主题,这让平时一贯处事冷静的马可都感觉在自己平静的外表下,内心正被一种隐秘的兴奋之情充盈。

而年轻的洛伦奇诺的兴奋之色更是溢于言表,连把左手支撑在暖炉上站立的惯常姿势都忘记了。他双臂交叉在胸前,站立在房间中央,目光在韦托里和马可身上来回游走。

马可虽然手里拿着斟满了餐后酒的杯子,但也基本坐不住了,他起身走到离暖炉边椅子上的韦托里五六步的地方。

那位佛罗伦萨老绅士,仿佛正透过手中的玻璃杯看着炉火,用平静的语气打开了话头。

"在我们讨论阴谋这个话题之前,我想先定一个规则,那就是此次讨论我们不涉及阴谋的善恶。"

马可立即接话道:

"当然可以。我们就按照尼可罗·马基雅维利的方式来讨论。"

洛伦奇诺也表示赞成。

"也就是说,我们把讨论的终点缩小到阴谋是否有效这一点。这种方式虽然和古希腊人不同,但也更刺激。"

马可听到这儿笑了,老贵族也微微一笑说道:

"已经过去两千年了,飨宴的形式也得改改了,只能抱歉地说,人类在进步啊。"

然后他继续说道:

"我还想做一个限定。阴谋,有针对国家和针对君主,也就是针对统治者这两种,今天我们只讨论后者。毕竟,我们讨论的是自该隐和亚伯起就存在的现象,因此最好尽可能缩小讨论范围,否则就变成《十日谈》了。"

马可和洛伦奇诺几乎同时点头表示赞成。韦托里确认之后,对马可开口说道:

"丹多洛阁下,贵国应该也有过针对总督的阴谋活动吧?"

"两百多年前有过两例,后来就几乎没有再出现过。敝国的总督拥有极大的权威,但说起权力,他只不过是十人委员会十七人中的一人而已。"

"这就是关键所在,洛伦奇诺阁下,这就是针对统治者的阴谋是否会发生的根本所在。当人们认为只要推翻某人就能改变整个政局方向时,就会出现搞阴谋或是暗杀的人。

"而像威尼斯那样的共和国，它是一个统治权力属于某个组织而非个人，即使针对统治者搞阴谋也无济于事。如果有人想改变政局，除非把十人委员会的全体成员全部杀死，否则他的目的就无法达成。

"也不对，即使杀死十人委员会那十七人也不算成功。除去终身制的总督，别的成员的任期都只有一年时间。如果想完全转变国家的政治方向，还得杀死选出十人委员会成员的元老院那两百名元老。不但如此，不杀光构成共和国国会的全体两千名议员，就无法完美达成这个目的。这就是威尼斯共和国的构成体系。

"每个家庭只有一人有资格成为元老院元老，且必须年满三十，而将来有可能进入元老院的人，现在都已进入共和国国会。也就是说，共和国国会就是元老院的预备军。所以在威尼斯共和国几乎不会发生针对统治者的阴谋活动也是理所当然的，也就是说针对君主的阴谋是不会发生在权力不集中在一人身上的共同体中的。"

此时洛伦奇诺开口说道：

"那么，与威尼斯的政治体系完全相反的佛罗伦萨，不就是阴谋的温床了嘛。"

老绅士转过身看着美第奇家族的年轻人。

"对我们佛罗伦萨人而言，很遗憾的确如此。即便在共和制时期，佛罗伦萨的共和制也不过就是一种叫法，其实质是美第奇家族的柯西莫还有'豪华者'洛伦佐掌握着大权,实行的完全就是僭主制。"

洛伦奇诺再次发问:

"那么如今不管是表面还是实质上我们都是君主制了,韦托里阁下,您觉得在如今的佛罗伦萨还会发生针对君主的阴谋活动吗?"

老绅士狡黠地一笑。

"理论上可能性非常大,不过这取决于君主本人能获得多大民意支持。当一个国家的全部权力都集中在一人身上时,不论在哪儿都有可能发生针对君主的阴谋活动。而实际上,有的国家发生了,有的国家并没有发生。"

这次开口说话的是马可。

"尼可罗·马基雅维利在他的《政略论》中写过,针对具有广泛民意支持的统治者的阴谋活动,在达到目的之前,过程是非常艰难的。即使目的达成也很难获得民心,所以依然徒劳无功。"

三人虽然都没有说出口,但很明显都想到了佛罗伦萨如今的公爵亚历山德罗。后面的讨论趋势是否会围绕既无民意支持也不英明卓越的统治者亚历山德罗进行下去呢?这让学习欲望旺盛的外国人马可更加期待接下来这个刺激的话题。

老贵族仿佛在享受着二人注视着自己的目光,过了好一

会儿才开口说道:

"针对君主的阴谋,得先分析它产生的原因,当然大部分时候原因不止一个,但其中至关重要的一点,就是憎恶。是的,憎恶就是复仇的温床。"

洛伦奇诺对此只是点了点头。马可开口说道:

"但是韦托里阁下,如果要干什么大事,就不可能做到不被任何一个人憎恶。"

"的确,正如丹多洛阁下您所说的,如果要干什么大事,即使是出自善,也一定会有一部分人转变成敌人,这就是人类世界的现实。但是即使有人的憎恶之火被点燃,如果对方是深受民众爱戴的君主,那么只要不是太过愚蠢之人,应该都不会把复仇行动付诸实施。因为即使可以杀死君主,也很难逃脱来自民众的复仇。"

马可不得不点头表示赞同。老贵族继续往下说:

"关于君主为何会被憎恨,尼可罗在他的著作里总结为三个方面。"

读过尼可罗·马基雅维利的《君主论》和《政略论》的马可和洛伦奇诺几乎产生了一种错觉,仿佛九年前就已去世的马基雅维利正借着好友之口在亲自阐述自己的观点。

"尼可罗认为,肉体、财产或名誉,其中任何一项受到君主的威胁时都会产生针对君主的憎恨之情。尤其是肉体方面,比起受到伤害，预感到有被伤害的可能、具有恐惧心理之人，更可能在被伤害之前进行反击，这是很危险的。

"另外，也许有人会认为只不过是被剥夺了一些财产，怎么可能有人如此愚蠢，会真的去杀害君主呢。关于名誉也是一样。但尼可罗认为，剥夺一个人的全部家产并不能夺取他复仇的短刀，让一个人名誉尽失也无法浇灭他复仇的火焰。所以尼可罗在书中写道，作为一名君主，如果不想被杀就应该注意尽量避免此类事态的发生。"

这时，洛伦奇诺往前迈了一两步，用急切的口吻说：

"但我觉得暗杀君主不仅是出自个人的情感宣泄，应该还有来自思想方面的原因。比如解放在君主的政治压迫下喘息的祖国，让祖国重获自由，那样的人会出于一种激情下手，就像把刀刺向恺撒的布鲁图斯那样。"

对年轻人的热情浇冷水仿佛是年长者的一种特权，老绅士面带一丝讥讽，微笑着回答道：

"我们就暂且同意布鲁图斯的动机如您所说，但是我们不能忘记，暗杀了有广大民众支持的恺撒之后，布鲁图斯及其一派最终可都是以死收场。"

马可的想法和老绅士是一样的。为了让讨论可以继续下去，他开口说道：

"马基雅维利也写过，阴谋有从计划到实行再到有所成就这样一个过程，他说这个过程始终伴随着危险。"

老绅士立刻回应说：

"说这个问题之前，我们得把阴谋分为一人实行还是合作执行来分别讨论。单独行动的情况，在第一阶段完全没有任何危险性，因为只要不付诸行动，就永远是一个秘密，甚至还称不上阴谋活动，一个人只需心中萌生出坚定谋杀君主的决心就够了。然后，一旦接近君主的机会来临，抓住时机付诸行动，就能轻而易举地到达第二阶段。"

洛伦奇诺仿佛自言自语般说道：

"的确如此，如果有人和自己一样做好了共同赴死的心理准备，即使君主被护卫包围着，也是有办法可以杀死的。"

马可看向美第奇家族的年轻人，用平静的语气说道：

"理论上当然是单独行动的效率最高，但人是不可能轻易就做到视死如归的。"

老绅士脸上露出一丝微笑说道：

"的确，所以我们还是讨论从人类的心理出发更容易理解的多人合谋的阴谋吧。它在第一阶段伴随着危险，但在第二和第三阶段，根据做法不同反而危险性会降低。"

马可接着说：

"从历史上来看，所有的阴谋活动都是由有机会接近君主的人策划出来的。"

老绅士把马可抛来的话题立即又掷了回去。

"那是因为那些人受到君主的伤害更多。正因为在君主身边,所以发生利害冲突时更容易受到直接影响。而且,有些事对下层阶级的人来说不会太在意,但对上层阶级的人而言却会产生无法容忍的屈辱感。"

不知为何,洛伦奇诺兴高采烈地接话说:

"还真是,害怕被人暗杀的君主,外出时都让大队大队的士兵护卫自己,在宫殿里如果不是忠实的仆人都不让接近,非常小心谨慎,而实际上最该留心的却是身边位高权重的亲信,这也真够讽刺的。这还真是一个盲点,现实中,几乎很少有君主会考虑到这一点。"

老绅士一直注视着发表着意见的洛伦奇诺,等他一说完就说道:

"没有哪一个君主死后可以平静安眠,也没有哪一位国王不受伤流血就走向冥府。如果不想被人憎恨,那就不要做什么统治者。人是不可能对所有接近自己的人都做到小心提防的,人总会去相信一部分人。如果结局是被杀的话,那就只是运气好坏的问题了。还有就是君主被杀后,得益的人是多还是少这个问题。"

美第奇家的年轻人直面这位被尊为佛罗伦萨政界要人的老绅士说道:

"韦托里阁下,如果君主死后受益之人很多的话,是否就是说即使是阴谋也可以被正当化呢?"

老绅士依然保持着平静的语调回答说:

"洛伦奇诺阁下,在飨宴的最初我就提议过,今天关于阴谋的讨论我们不涉及伦理道德层面,二位也是同意了的。"

美第奇家的年轻人立即醒悟到自己越线了。

"很抱歉,韦托里阁下,因为谈话的内容太过精彩,我一不小心就……"

马可赶紧出来救场。

"在阴谋的第一和第二阶段最该注意的就是防止泄密这一点吧。"

也许韦托里就是为了提醒一下美第奇家族的年轻人,所以他没有揪着不放,而是立即回应说:

"是的。几乎没有什么好的预防措施。要么在计划实行之前完全不动声色,要么合作者是那种即使逮捕后被严刑拷打也绝对不会供出同伴的忠义之士。

"所以说要实行一个数人策划的阴谋是非常困难的事情。再加上人们常会在做大事前感到不安,策划阴谋的人往往也会因改变计划而犯下错误,计划的变更又容易导致别的合作者不安,很多时候就是这样导致了阴谋计划的泄露。"

"还真是,不论什么事都可能成为内心动摇的原因,最后成为导致失败的主因。而即使暗杀成功,在第三阶段,很多时候计划也会因一些本不会影响大局的小事而受挫。"

"所以人既做不到百分之百的恶,也达不到百分之百的善吧。要把头脑中的计划照搬实行,真的是很难呀。"

虽然洛伦奇诺并没有被排除在外,但后面的讨论不知为何只在韦托里和马可二人之间进行了下去。这个美第奇家族的年轻人一直保持着沉默,不过他的沉默并没有让气氛变得难堪,虽然他不再插话发表意见,但他一直热切地注视着二人。当韦托里和马可谈到暗杀手段这个话题时,他的眼睛发亮了。

当谈论到是用毒药还是用剑时,老绅士斩钉截铁地说:

"我认为比起下毒,用剑的成功率更高。历史也证明了这一点,很多例子都证明了即使可以成功让对方喝下毒药,也并不能保证致死。"

他接着说:

"不管怎么说,阴谋就是一场无比危险的冒险活动。所以虽有很多人策划阴谋,但如预想般得到自己想要结果的却寥寥无几。如果要给容易成为阴谋对象的君主几句忠告的话,那就是不管因为什么,都绝对不要把任何一个身边之人逼到绝境,因为绝望之人容易变得激进。"

可惜美第奇家族的年轻人仿佛完全没有听到韦托里的这句话。

# 暗道

洛伦奇诺是在一年前才知道在美第奇宫和右边毗邻而立的自己家之间有这么一条秘密通道。

这条通道从一米多厚的石墙中穿过,应该是在七八十年前美第奇宫建起时打通的。然而,在美第奇家族被佛罗伦萨驱逐的近二十年里,这条通道渐渐被人遗忘,即使美第奇家族回归佛罗伦萨,因为世代交替,也已经没有人记得这件事了。工人在修复起居室的墙壁时偶然发现了它。

洛伦奇诺给了来汇报这件事的工头一大笔钱,并命他不许把这件事再告诉任何人。这条长年被弃置的狭窄通道中结满了蜘蛛网,打扫工作也交给了工头一人。

虽然工头从方向上知道这条通道是通向旁边的美第奇宫的,却并不清楚具体连通美第奇宫中的哪一个房间,因为洛伦奇诺不许他打开通道尽头关闭着的那扇门。工头对这个也没有太大的好奇心,而且也完全不想与这么可怕的事发生关联。

打开门的是洛伦奇诺。这条秘密通道通向美第奇宫二楼历代当权者的卧室。

洛伦奇诺并没有把这个秘密立即告知如今房间的主人亚历山德罗公爵，后来才因为一件事告诉了他。

因为亚历山德罗极其好色，当女子的身份较高时，寻找幽会场所就变得越来越困难了。

一开始他是把女人直接带进美第奇宫，但这样不可能永远保持低调。公爵后来又娶了公爵夫人，而这位公爵夫人的父亲正是欧洲最强君主查理五世。如果偷情的事情让这位岳父大人知道的话那可不得了。

那时洛伦奇诺还较得这位公爵堂兄的欢心，所以对他也是尽心尽力。当然另一个原因是因为破坏了古罗马雕像而被驱逐出罗马，断了在罗马教廷谋个官职，在罗马安逸生活下去这条路。曾经可以给美第奇本家融通资金的万贯家产，在这近二十年东漂西泊被放逐的日子里，也失去了大半。有人建议洛伦奇诺卖掉一些他先祖收藏的美术品，不过他的骄傲不允许他这么做。

在公爵堂兄的身边谋一份差事，对当时的洛伦奇诺来说是一个既不伤体面又能获得实际利益的选择。虽说他出生于美第奇的旁支，但毕竟都是美第奇家族的人，这和在别人的宫廷里谋职完全不同。

暗道

但一旦真的待在公爵身边开始为他服务，实际情况却与年轻人想象的完全不同。他原本的确愿意为了公爵鞍前马后，也明确表达过自己的心意，却万万没有想到亚历山德罗唯一让他做的就是拉皮条，也就是给自己找女人，这就是洛伦奇诺的"工作"。

那时洛伦奇诺正是一个二十岁出头的年轻人，虽然他知道这件事有悖伦理道德，但也没有特别反感，反而觉得还挺有意思，这让年长四岁的公爵和洛伦奇诺之间甚至还萌生了一层共犯的关系。

洛伦奇诺有时也会把自己的女人让给公爵，或接手公爵玩厌了的女人，他能成功地让她们忘记之前被抛弃的愤怒。

幽会的场所就定在洛伦奇诺宅邸的一间房里。这间房间本来是洛伦奇诺的卧室，因为这个缘故他把自己的卧室搬到了隔开三间房的另一个房间里。秘密通道相连的只有这一个房间，如果用作幽会，那房屋主人的卧室就只能换一间了。

当然这条秘密通道原本肯定不是为了幽会而打通的，应该是为了在敌人来袭时，可以通过这条通道转移到住在隔壁的本族家中，然后再从那里出逃。比起穿过院子出逃，像这样从暗道中穿过，不会引人注目，更加便利。

意大利城中的宅邸一般一楼是不住人的，而是作办公室或是仓库、马厩之用，跟现代的车库感觉差不多，所以也不叫"一楼"，而叫作"底层"。意大利人所说的一楼其实就是其他国家百姓所说的二楼。不要说宫殿，一般水准以上的房屋，一楼才是整座房子的"脸面"，沙龙、餐厅、其他又高又大的房间都集中在这一层。

二楼的房间一般供主人一家使用，为了住得舒适，房间的天花板不会造得太高，房间也不会太过宽敞。

再上面一层的房间，天花板会更低矮一些，一般给仆人使用。考虑烹饪可能引发火灾，为了减少火灾造成的损失，厨房也设置在这一层。在大宅邸中，为了让楼上厨房做好的菜肴可以更快地送到楼下餐厅，有些人家甚至会在墙壁中挖出一个空间，在里面装上一个可以手动升降的小"电梯"。

所以只要让仆人远离，楼下的房间里不管发生什么事，秘密都不会泄露。

从洛伦奇诺府邸的后门出去，就是行人络绎不绝的圣加洛大街了，女人们可以从这道门悄悄进来，再悄悄出去，不太容易引起他人注意。因为这毕竟只是美第奇旁支家的一个后门而已，也不会如美第奇宫那样时刻有卫兵把守。

当女人从后门的楼梯进入房间后，洛伦奇诺就会穿过墙中的通道去把公爵叫过来。急不可耐的公爵总是早已解开所有衣服上的扣子，然后跟着洛伦奇诺去往他家。

后面的事洛伦奇诺就不管了。事情结束后,女人们用头巾把脸严实地遮住,通过后面的楼梯从后门出去,消失在人群中。在女人走后,一般如果公爵要求,二人还会一起回到美第奇宫。因为洛伦奇诺的"工作"除了给公爵找女人、提供房间以外,还包括倾听——公爵会喋喋不休地描述女人的反应,并发表感想。

对于这种事,洛伦奇诺始终无法习以为常,也越来越感到无趣。虽然他有时会和公爵分享女人,但他可没有兴趣对公爵——叙述女人和自己在一起时的样子。幸好公爵只要洛伦奇诺倾听自己的体验和感受,他只需做好一个听众就行了。

这天夜里,在美第奇宫殿二楼公爵的卧室中,通过墙中密道回来的亚历山德罗公爵,刚刚对洛伦奇诺叙述完今晚的成果,结束惯例仪式,不过公爵今天并没有允许堂弟马上回家。洛伦奇诺看到公爵乌黑的两眼中闪烁着恶意,他有一种不好的预感,而且不幸被他猜中了。

"我不知道拜托你多少次了,你怎么一点都不理解我的心情呢?"

"公爵大人,不知您指的是哪一件事?"

"我不说你也应该知道啊。"

"不论您想要哪个女人,您每次一说完我不都帮您达成心愿了吗?"

"这些你是帮我办到了。但那件事我三个月前就跟你提过了，你怎么到现在都没有办成呢？"

"……"

"就在昨天我还在街上偶遇她了。她昨天少见地骑着马，我问她去哪儿，她说到特比欧山庄去拜访玛丽亚·萨尔维亚蒂。她可真是个令人感觉如沐春风的女人啊。只要一想象她在我的身体下面啜泣的样子，我的下面就会挺立起来。"

洛伦奇诺真想捂住耳朵，因为无法控制自己的情绪，他的声音开始变得粗重起来。

"以您今天的地位，无论出身多么高贵的妇人都是随您挑选，您根本没有必要去玩那种小女孩。"

公爵充满恶意的眼神里又掺杂进一丝狡猾的目光，但声音依然保持平和地说：

"你说她是小女孩，但谁都知道她早就不是处女了。"

"但她现在住在修道院里。"

"又不是一辈子都住在修道院了。她长得那么美，迟早会再婚的。"

洛伦奇诺只想快点结束这个话题。

"您现在已经是有家室的人了，如果让公爵夫人知道您和同族的女人发生关系，相信您的岳父也不会置之不理的。"

"对我来说，我的婚姻就是一种政治手段，为了佛罗伦萨的存续我成了一件牺牲品，我觉得你更应该同情我才是。"

对着默不作声的洛伦奇诺，亚历山德罗公爵继续滔滔不绝：

"洛伦奇诺，我知道你的想法，我明白在你妹妹再婚之前，你不想她受到任何伤害。我又不是要一直占有她，拜托了，就一次。我会神不知鬼不觉地把她再完整地还给你。"

被沉默压得喘不过气来的反而是洛伦奇诺。亚历山德罗把喝完的葡萄酒杯又重新倒满，以一种极不雅观的姿势横躺在垂着帘子的豪华床铺上，但眼睛始终盯着离床几步之遥、站立着的洛伦奇诺。

洛伦奇诺如下了决心般开口说道：

"公爵，夜已经很深了。明天公爵夫人就要从那不勒斯回来了，您一早必定很忙，我这就告辞了。"

一声闷响，公爵把手中的银质杯子连杯带酒一起扔了过来，红酒溅落在垂下的白色帘子上，如血般鲜艳。

亚历山德罗的眼睛因为愤怒在黑暗中闪闪发光，突然他那如野兽般的咆哮声向身体僵硬的洛伦奇诺冲了过来。

"你把我当傻瓜了是吧，连自己的母亲是谁都不知道的傻瓜。不只是你，还有柯西莫以及其他所有人，佛罗伦萨上流阶层的那些家伙都把我当傻瓜看。

"就连你带来的那些女人也是一样，我知道她们虽然在公开场合对我毕恭毕敬，但其实在心底里都瞧不起我。因为每次她们都以为幽会的对象是你,当看到是我走进房间时,大多数人的第一反应就是想逃走。

"但是面对佛罗伦萨的公爵,她们又不敢做出这样的无礼之举。虽然她们最后闭上眼睛把身体交给了我,但身体还是出卖了心思。不过第二次她们即使知道对方是我,也会继续过来。两三次之后,当我厌倦了,才交由你来处理,每一次不都是这样嘛。

"那些长着一头浓密亚麻色头发,身材婀娜、脸庞精致的佛罗伦萨名门之女,被压在身下时和罗马娼妇根本没有什么区别。别让正妻的孩子们笑话了。

"还有像你这样自以为是正妻所生的儿子们也是一样!我每时每刻都想把你那清瘦的两颊和笔直的鼻梁打得粉碎。还有你们看和自己不属同一阶层的人的那种轻蔑眼神!你们这些人表面上好像对我毕恭毕敬,其实心里都在嘲笑我,暗地里说我连一般的私生子都不如。"

洛伦奇诺只是默默地听着,想着只要忍耐到暴风雨过去就好了。然而,汹涌的怒骂过后,与以往不同,亚历山德罗突然沉下声音说出了更可怕的话。

"如果你不愿意把劳德米尔给我,那我就毁了你。别以为只是失去亲信地位那么简单,我要把你扔进巴杰罗监狱里去。罪名是什么?是你和流亡在威尼斯的菲利普·斯特罗齐合谋,策划推翻佛罗伦萨的君主制。这可是不可饶恕的谋反罪。到时我可要好好看看你是怎么被巴杰罗监狱里的人折磨到皮开肉绽的。"

洛伦奇诺已经失去了告辞的气力,他打开秘密通道,门在身后关上后,他飞奔回家,但总觉得公爵的笑声依然追逐着他。

这个年轻人跑到自己房间的门前,终于停下喘了口气。墙中的小路是一条秘密通道,里面并没有灯。每一次他都是拿着烛台通过,但今天他把烛台忘在了公爵的房间里。一路上他在黑暗中跌跌撞撞,到处碰壁,感觉身体多处疼痛不已。即使如此,这个年轻人还是没有马上推开房门,因为他不敢去看在明亮灯光照耀下现在的自己。他只是把额头抵在冰凉的石壁上一动不动。

他虽然一直很讨厌亚历山德罗,但对他感到恐惧这还是第一次。他现在很害怕那个比他年长四岁的堂兄。

如果被判定是菲利普·斯特罗齐的同伙,那么在如今亚历山德罗独裁统治下的佛罗伦萨,他至少得在地下监狱里待上二十年。

他的父亲虽属美第奇一族,但一生平淡无奇,而母亲虽出自名门中的名门索德里尼家族,但因为族中很多人带头反对美第奇,在美第奇"一统天下"之后就不断遭到冷遇,所以洛伦奇诺根本没有可以牵制残暴的亚历山德罗的有力后盾。

一想到自己的生死都在那个野兽的一念之间,这个二十二岁的年轻人就恨得咬牙切齿。就在此时,他第一次清晰感觉到了胸中燃起的杀意。

# 反抗美第奇的年轻雄狮

洛伦奇诺不明白为何柯西莫的母亲玛丽亚·萨尔维亚蒂要派仆人来接他立即赶去山庄,据仆人说天还没亮他就从特比欧山庄出发了,还备好了让洛伦奇诺骑乘的马匹等在门外。

"夫人说让您尽快去一趟。"

洛伦奇诺也为了能尽快忘却昨夜之事,决定出发去特比欧山庄。他跟负责照料他生活的老仆交代说,如果公爵传他过去,就说他去卡斯特罗山庄了。清晨的圣加洛大街上挤满了一群群从郊外运来农作物的农民,无比热闹。

一路策马奔腾,到达山庄时刚过正午。虽说已值冬日,但跑了这么久的山路,洛伦奇诺已骑得浑身是汗。刚清洗完身体,等得急不可耐的玛丽亚就拉着他的手把他带到了二楼的大客厅。

当洛伦奇诺走进敞开大门的客厅时,首先映入眼帘的是从公爵那儿听到要来拜访的妹妹劳德米尔。妹妹今天的穿着并不花哨，一件适合清纯少女的优雅衣裙。洛伦奇诺随着坐在窗边的劳德米尔的目光看去，只见在大窗旁的石梯上站着一个青年。

二人仿佛还没有觉察到洛伦奇诺和玛丽亚已经走了进来，青年依然在说着什么，而劳德米尔则全神贯注地倾听着。洛伦奇诺还从未见过妹妹如此入神地听一个男人说话。

停住脚步的洛伦奇诺被玛丽亚从背后推进了客厅，那个之前一直在专注说话的青年最先注意到了玛丽亚和洛伦奇诺。随着青年的目光，劳德米尔才发现伯母和哥哥已经到来。劳德米尔静静地从椅中站起走近哥哥，跟以往一样在哥哥的脸颊上轻轻一吻。劳德米尔的身上带着一股说不上来自哪种花的清幽花香。洛伦奇诺走近后发现妹妹的脸上有一种他从未见到过的表情，那是温柔和决心糅合在一起的表情。

"这位是皮耶罗·斯特罗齐，他是菲利普·斯特罗齐的长子。"

玛丽亚的声音把震惊地杵在那儿的洛伦奇诺拉回了现实。

站在窗边的青年面带从容的微笑慢慢走近洛伦奇诺，而洛伦奇诺通过玛丽亚的介绍也随之想起在少年时代曾和此人见过两三次。

之后就再也没有见过了。当亚历山德罗成为公爵返回佛罗伦萨实行君主制后，菲利普·斯特罗齐因公然表示反对，逃亡威尼斯，而他的几个儿子也跟随父亲一直待在国外。长子皮耶罗和亚历山德罗公爵年纪差不多，今年应该是二十五六岁吧。

"洛伦奇诺阁下应该很久没有见到我了，不过我却经常看到您，因为我常偷偷回国。"

这还真的不知道呢。反美第奇派的领袖菲利普·斯特罗齐的长子，从流亡国经常潜回国，难道说在佛罗伦萨反美第奇的势力正在高涨吗？这件事如果让公爵知道了，他肯定会不管有罪无罪，先逮捕一大批人直到把巴杰罗监狱给装满吧。

不过这里可是美第奇家族的山庄，这里的所有人都和美第奇家族有着千丝万缕的关联，就连这个皮耶罗·斯特罗齐的母亲克拉丽丝也是美第奇家族直系的女儿，而玛丽亚并不是一个喜欢参与政治活动的女人。当洛伦奇诺开始思考皮耶罗为何会在这里时，坐在椅子上的玛丽亚对依然站着的洛伦奇诺伸出双手，就像控制好这个局面是自己的任务般，拉起他的手说道：

"皮耶罗阁下是三天前到达这里的，他跟我说想娶劳德米尔为妻。因为你们自幼双亲亡故，从孩提时代起都由我一手带大，所以他就先到了我这里。但是你们家的一家之长毕竟还是你，最后得由你来决定是否同意这门婚事，所以急急忙忙把你叫过来了，当然还有劳德米尔。"

然后玛丽亚把头转向青年，示意后面让他自己说。洛伦奇诺从玛丽亚的表情可以看出，她对这个皮耶罗是相当中意的。

青年转向和自己身高差不多的洛伦奇诺，从正面看着洛伦奇诺开口说道：

"十多年前，当我还是一个少年时就一直暗恋着您的妹妹。当然那时她还只是一个少女。"

说到这儿，他温柔地看了一眼劳德米尔，而劳德米尔因为他的目光害羞得垂下了头，但在那份羞怯中包含着一种喜悦。这并没有逃过哥哥的眼睛。青年再次把目光转向洛伦奇诺，继续说道：

"后来我的父亲流亡威尼斯，因为我和弟弟们也都支持父亲，所以随他一起亡命天涯。当我得知您的妹妹要嫁给萨尔维亚蒂家的阿拉曼诺阁下时，我正在威尼斯。那时我简直绝望到想死，但却什么也做不了，只有祈愿劳德米尔能够幸福。不到两年我就在威尼斯得知阿拉曼诺·萨尔维亚蒂去世了，于是我再也克制不住自己的感情，当然也没有必要再克制了。

"我去恳求我父亲，一开始父亲是不同意的，并不是反对劳德米尔，而是因为他不忍心看着这么年轻的女孩离开熟悉的祖国，偷偷在国外生活。对于这一点我也深思熟虑过。虽然我们在国外生活得也算丰衣足食、自由自在，但和流亡者结婚的话，就意味着她本人也将成为一个流亡者。

"但这还是无法让我放弃，人生不就只有这样一次吗？

而在唯一一次的人生中，我只有两个愿望，那就是让祖国佛罗伦萨恢复自由和娶劳德米尔为妻。虽然不知道这两个愿望能否成真，但至少我得尝试一下吧，如果连试都不试就这样终了一生，即使这一生再如何安乐富足，我也是无法忍受的，甚至还会轻视我自己。所以，我下定了决心来到这里。

"劳德米尔的服丧期不久前已经结束，我父亲也终于同意了，后面就看您和您的妹妹是什么想法了。我现在的心情与等待神的审判无异。"

洛伦奇诺静静听着，已经完全忘记了眼前这个青年心中的爱情是生是死全在自己一念之间，喜悦和羡慕之情交织成一种复杂的感情在他的心中盘旋交错，那真是一种奇怪的感觉。

劳德米尔最初的结婚对象是一位比她年长五十岁的老人，而如今终于出现了一个与十八岁的她年纪相配的结婚对象，而且是从少年时代起就一直爱恋着她，并把那份爱培育至今的人。

他觉得已经没有必要再去询问妹妹的心意了。即使少年时代的皮耶罗一直记得妹妹，对年幼的她来说，对方也只不过是亲戚中的一人而已。长大之后，皮耶罗一直偷偷看着她，而美第奇家族的女儿是不可能注意那种秘密潜入的男人的。在这儿的一天多的时间里，他们二人才真正相遇，敞开心扉互诉衷肠,但看得出劳德米尔的心已被这个青年占据,她看向皮耶罗的那种温柔而又坚定的眼神,已经胜过了千言万语。

而最令洛伦奇诺感到吃惊的是自己还挺喜欢面前这个青年的。平日看惯了荒淫无度、好酒贪杯的亚历山德罗公爵,面前这个身材匀称、皮肤晒得有些黝黑的青年,简直让他感觉神清气爽。尤其是他的笑容,他说话的时候总是面带微笑,自始至终从正面看着对方的眼睛。他给人的感觉并不强势,虽然年轻,但自有一种堂堂正正的风度。

伯母玛丽亚看着沉默中的洛伦奇诺,解围般地说:

"这件事太过突然,你也不用马上回复。"

这句话反而让洛伦奇诺想到得快点给予答复,他心意已决。妹妹好像也读懂了哥哥的想法,当她看到哥哥投来的确认她心意的目光时,劳德米尔展现出一种比她这个年龄更老成的表情,坚定地回望着他。在他到达之前,皮耶罗应该已经向妹妹求婚了吧,而妹妹也一定开心地答应了。洛伦奇诺也从正面看向皮耶罗说:

"那就请你尽快把我的妹妹带去威尼斯吧。再过几天就是基督教的圣诞节了,在圣诞节到来之前大家都会比较轻松闲适,我希望你们就在这段不容易引人注意的时间里悄悄出发。"

之前一直保持着平静和自信的青年脸上出现了一丝惊讶

之色。

"我和父亲讨论下来,原本是想在明年的1月6日主显日之后再来迎娶。"

那就太迟了,洛伦奇诺虽然嘴上没有说,却在心中大叫着。那样的话还有两个多星期,他并没有自信在这段时间躲开公爵的逼迫,而且也根本说不出已经把妹妹许配给了斯特罗齐家长子一事。亚历山德罗把斯特罗齐一家当作最危险的敌人,如果说出来,一定适得其反。那个男人太危险了,他不可能袖手旁观,看着劳德米尔投入皮耶罗的怀抱。

洛伦奇诺那天第一次以兄长的身份搂紧站在身边妹妹的肩膀,对那个将要把他最心爱的妹妹带走的男人说:

"我现在无法告诉你原因,我希望你也不要问,只能请你接受我的建议,尽快把我的妹妹带离佛罗伦萨去到国外。因为你的原因,你们不可能在佛罗伦萨举行婚礼。而由于我无法说出的原因,我也没有办法给她准备充裕的嫁妆,毕竟没有这个时间,也不希望引人注意。"

青年一眨不眨地看着比自己小几岁、将成为自己大舅子的洛伦奇诺,笑容从他脸上消失了。

"我不会向您打听任何事,不过我也能大致猜到几分了。洛伦奇诺阁下,我将接受您的提议。而且您也不用担心劳德米尔就这样只身嫁给我。对我来说,这么多年的心愿能够实现已经心满意足。我向您发誓，不论发生什么事，都绝不会让令妹伤心不幸，请您一定相信我的话。"

青年最后这些话是对这对兄妹同时说的。

与以眼神表示认可的兄妹二人不同，玛丽亚·萨尔维亚蒂并没有深思，只是被眼前的情景深深打动。

"真是有其父必有其子，皮耶罗阁下，当时您的父亲菲利普·斯特罗齐也是执意要娶您的母亲。虽然她是美第奇家族直系的女儿，当时却在流亡途中，因此遭到了强烈反对，但最后他还是与克拉丽丝喜结良缘。斯特罗齐家族成员的身上都流淌着浪漫的血液啊。"

又恢复了笑颜的青年捧起玛丽亚的手，在上面轻轻一吻，然后笑着对洛伦奇诺说：

"在威尼斯现在流行这样对女士行礼。"

他的口气中已包含了一种亲戚间的亲密。洛伦奇诺心想这样就好。

劳德米尔从特比欧山庄秘密出发之日，定在了基督教圣诞节前一天的早上。以要在伯母这儿过基督教圣诞节为由，两天前她已经从女修道院搬了过来。

按照常理应该是哥哥洛伦奇诺这个她唯一的亲人伴随同行，但为了不引起公爵的怀疑，无论多么小的事都得以安全为重，因此玛丽亚提议，最后决定拜托弗朗西斯修道院院长代替洛伦奇诺。

弗朗西斯修道院院长以前是一名军人，从同行者和守卫的这层意义来说，没有比他更适合的人选了，更何况他也是可以全权信任之人。

如果要不引人注意地出行，就不能带太多随从，最多也就一个。虽然带着一个女人，行动上略有不便，但只要穿过亚平宁山脉，出了佛罗伦萨国境线就安全了。皮耶罗还有斯特罗齐家的一队士兵会等候在国境线外。那之后的路就不用担心什么了。大银行家斯特罗齐，即使是在威尼斯流亡，也是一位非常受欢迎的流亡者。

除去美第奇家族，斯特罗齐家可以说是在国外最有名的一个家族了。他们家是金融界大亨，即使在整个欧洲也是可以排进前五位的大银行家，据说财力甚至超过了在佛罗伦萨成功实行了君主制的美第奇家族。

四十七岁的一家之主菲利普，也可以说是最后一位佛罗伦萨典型的都市人。

他体格健壮且家财万贯，为了祖国可以身先士卒，在佛罗伦萨共和国时代，还曾任驻法国等国的大使。在教养方面，从他年轻时与马基雅维利交往甚密可看出，他是那种试图把古典文化融入现代生活，典型的一直活在文艺复兴时代中的人。然而，在这个和马基雅维利等人交往密切，财力甚至凌驾于美第奇家族之上的大贵族的心中，拥护共和制的感情却是愈演愈烈。

因为公然反对有查理五世作为后盾的把佛罗伦萨变成君主制的亚历山德罗公爵，他选择了流亡威尼斯。由于他财力雄厚，那些反对美第奇、反对君主制的人也都聚集到了他的麾下。

洛伦奇诺出生于美第奇家的旁支，至今和斯特罗齐家的男人们并没有过多交往。所以亚历山德罗若要说他和菲利普密谋推翻他，也不会有人相信这种胡说八道。

策马走向弗朗西斯修道院时，他不禁想到，如果亚历山德罗知道妹妹跟皮耶罗·斯特罗齐一起走了，那他的胡编乱造就不再是信口胡诌了。不过，他现在不愿多想这些。

# 丝柏之路

这件事即使在修道院中也难免有些危险。虽然洛伦奇诺也知道在那个连着拱门的弗朗西斯修道院的露台角落,根本不用担心和院长的谈话会被别的修士听到。因为他们都知道洛伦奇诺和院长关系密切,常常看到二人一起说话,所以不会觉得有什么奇怪。

但这一次洛伦奇诺还是决定在修道院外和院长见面。他先去了修道院,佯装邀请院长一起外出散步,把他约了出来。二人走在一条两边种满高大丝柏的小道上。

院长听完事情的经过后停住了脚步,认真地注视着面前这个心爱的弟子。曾经的洛伦奇诺是那般幼小,手可以正好放在他的头上,而现在已经长高到老师必须抬头看他了。但在那张已经长大成人的年轻脸庞上,若细细去看,依然能看到一丝残留着的当年为希腊语和拉丁语语法而烦恼不已的孩童容颜。

"我也知道皮耶罗·斯特罗齐是一个无论从身体还是精神上都无可挑剔的青年,在教养方面也许比他的父亲略逊一筹,但在行动力方面,我想是青出于蓝而胜于蓝。而在财力方面,如今斯特罗齐家族的财力应该已超过了美第奇家族。斯特罗齐银行通过接管罗马教廷的财政事务为今天的伟大成就奠定了基础,如今他们的分行不仅遍布罗马、那不勒斯、威尼斯,更是开到了里昂、巴黎以及伦敦等地。连我都觉得劳德米尔的婆家不可能有比他们更好的了,而且两人又年龄相当,只是……"

说到此处,院长停了下来。洛伦奇诺等待着他的下文,可院长只是望着丝柏的枝丫不再继续,年轻人终于等不下去了。

"您是觉得皮耶罗是菲利普·斯特罗齐长子这一点不妥,是吗?"

院长终于又开了口。

"是啊。劳德米尔也许这一辈子都不能再回佛罗伦萨了,这一点她做好心理准备了吗?"

"关于这一点,我和妹妹单独谈过,妹妹说已经做好了这个准备,她对那个青年简直像是着了迷。"

"那个皮耶罗风华正茂,而劳德米尔虽说是少女情窦初开,但心智意识还是比较成熟的。如果那孩子已经决定了,也就没有什么好再担心的了。而且如斯特罗齐那样的人家,也不必像其他一般的流亡者那样辗转各地，祈求当地的权势者收留帮助。

"虽然他们是在佛罗伦萨开始创业的，但他们的总行已不在这里，那幢15世纪建造的杰作斯特罗齐宫虽然还是他们家的，但已经空了好多年。如今威尼斯的一家分行几乎代替佛罗伦萨的成为总行，他们家财富的根基已经不在佛罗伦萨了。我所担心的并不是劳德米尔嫁给了一个流亡者，而是她要嫁给一个公然反对当今美第奇独裁统治的男人为妻。

"而且，留在佛罗伦萨的你的立场也会随之变得很微妙，现在的公爵不是那种会把妹妹和哥哥分开对待的人。"

洛伦奇诺那天第一次拉起曾经是自己恩师的院长的手，面对面看着老师斩钉截铁地说：

"若您是在替我担心，那大可不必，我会好好保护自己的。那您就是答应了陪同我妹妹出行了。过了佛罗伦萨的国境线，皮耶罗应该会带着士兵等在那儿，那时就没什么危险了。

"我不能让那样一个年轻女孩独自出嫁，本来陪同前往的确应该是我这个唯一与她有血缘关系的哥哥的职责，但若是连我也不见了踪迹，一定会被公爵发觉的。为了将亚历山德罗发现的时间延后，我必须得留在这里。把妹妹托付给您，我完全放心。"

关于那晚发生在亚历山德罗和洛伦奇诺之间的谈话，院长并不知晓。亚历山德罗逼洛伦奇诺让妹妹就范这件事，他没有对任何人提起。如果伯母玛丽亚或是曾经的老师修道院院长知道了这件事，肯定会让他和劳德米尔一起逃去威尼斯。但这个二十二岁的年轻人并不想那么做，他心中正慢慢形成的那个想法只能在佛罗伦萨执行。

把劳德米尔托付给修道院院长一事，虽说是伯母玛丽亚提议的，但大家都知道院长肯定会接受这个任务，事实也的确如此。即使是嫁给一个流亡者，如此匆忙启程，院长也是会受到怀疑的，如果亚历山德罗再横插进来那一切就完了。对于洛伦奇诺的这番话，院长也认同，况且院长在劳德米尔少女时代教过她读书写字，已完全把她当成了自己的亲生孩子。

把那么聪明伶俐、如花似玉的劳德米尔关在女修道院里，一直关到生命结束，这是令这位曾经的军人非常痛心的事，甚至就是现在，只要允许，他随时都愿意把她给救出来。

这位弗朗西斯修道院的院长，以一种与身上那套褐色的圣弗朗西斯教派的教袍不相称的俗世之人才会有的现实眼神说道：

"不管劳德米尔穿着多么朴素的衣物，她的美貌也不可能不受到行人的注意，我想让她乔装打扮一下。我准备让她穿上圣弗朗西斯教派的教袍，因为教袍比较宽大，可以掩盖身体曲线，这样就没人会看出她是一个女人了。而且只要把头巾盖得低一点，就可以遮住大部分脸，这样应该可以坚持到越过亚平宁山脉。除了我二人之外，我还想带一个口风紧并且身强力壮的教士同行。比起两名教士，三名出行应该更加不会受人注意。"

洛伦奇诺一边听着一边不住点头。院长像是回到年轻的时候，像军人一样冷静地制订着作战计划，他继续说道：

"劳德米尔当年和阿拉曼诺·萨尔维亚蒂结婚时的陪嫁金在哪儿？"

"阿拉曼诺去世后，因为萨尔维亚蒂家族自己就是开银行的，所以存在了他们银行里。"

"那就把那笔钱转到萨尔维亚蒂银行的威尼斯分行去。虽然劳德米尔是嫁入大财团斯特罗齐家，钱财方面根本无须担心，但那笔钱毕竟是属于她的。万一有一天她需要用钱，有一笔她可以独自运转的钱会方便许多。只要先把钱转到萨尔维亚蒂银行的威尼斯分行，然后再从那儿转到斯特罗齐家银行的账户上就行了。这些事也是家人真正该为她考虑到的，快去做吧。"

洛伦奇诺重重地点了点头。回到佛罗伦萨城内后要做的事情又多了一件。只要跟萨尔维亚蒂银行的人说把钱投资到威尼斯去，应该没有人会怀疑什么。

"另外……"

院长继续说道：

"有一件事要让劳德米尔失望了，一直贴身伺候她的那个奶妈我们不能带去。就算她脾气再好，但如果那个又胖又多话的女人和我们一起上路，劳德米尔再如何乔装成年轻修士还是会被人拆穿的。等一切都稳定了，再把奶妈悄悄送去威尼斯，这件事就由我来拜托夫人吧。等劳德米尔出发之后，得把这个奶妈留在特比欧山庄里。"

洛伦奇诺再一次重重地点了点头，心道幸好这件事拜托了院长。

"还有，我们只能随身携带一个袋子，从修道院出发时只有毛驴，所以除了食物以外别的什么都不能带，途中若被打开检查，发现有女人的东西那就糟了。她得在脑后打一个髻，然后把头发藏在头巾里面。

"反正有皮耶罗在，以后她的衣物也不需要担心什么。对于孤身一人投奔而来的女人，即使不是皮耶罗·斯特罗齐，别的男人也不会不管不顾的，更何况像劳德米尔·德·美第奇那样倾国倾城的年轻美女。"

说到这儿，院长和洛伦奇诺在这天第一次笑了起来。

"劳德米尔也是女人，肯定有自己喜欢的衣服或是留有回忆的衣物，这些事就交给夫人吧。夫人从劳德米尔年幼时就开始照顾她，她自己没有女儿，所以一直把劳德米尔当成自己的亲生女儿疼爱。而且夫人也是女人，这种事由女人自己去讨论决定最好。到时候就把二人选出的衣物交给夫人手下的哪个仆人，再送到威尼斯去。

"首饰也是。劳德米尔肯定有一些亡母留给她的首饰，或是美第奇家族传到她手里的家传之物，这些到时候也拜托夫人让人一起送去威尼斯。逃亡路上即使戴一个戒指都非常危险。首饰什么的，还是有多少就尽量给她送去多少，女人只要身边有那些东西，心情就会莫名变得好起来。"

洛伦奇诺禁不住微笑着说：

"院长，难道您真的准备一生都穿着这身教袍了吗？"

院长好像是对不经思考就脱口而出的话感到有些难为情，苦笑着回答说：

"不不不，那都是些以前的事了。不过就算是往事，对信任的人也还是不能就这么随便说出口啊。"

院长一边这么说着，一边看着洛伦奇诺真切地说：

"你终于又恢复到往常的样子了，和刚才把我带出修道院时的你完全不同。年轻人就该这样常常说说笑笑。但是洛伦奇诺，我得知劳德米尔要嫁到斯特罗齐家之后，最担心的还是你的安危。虽然你说你可以保护自己，但那个亚历山德罗，像害怕魔鬼般恐惧着斯特罗齐父子。你说的保护好自己，能告诉我具体准备怎么做吗？"

美第奇家的年轻人这一天中第二次拉起了旧日恩师的手，

面对面注视着他，斩钉截铁地回答。当他口中叫着"神父"时，他深刻地感觉到自己并非像俗世之人那样只是普普通通地在称呼一个把自身一切都奉献给神的神职人员，这个词从他口中说出，如同在呼唤着父亲。

"神父，除了妹妹的事，我还有一事相求。如果您真的像亲人般担心我的安危，请您一定听我说一下。

"当您在佛罗伦萨的国境线与在那里等待的皮耶罗·斯特罗齐会合后，正如我拜托您的，请您务必陪同我妹妹一起到威尼斯去。作为我的代理人，您得和对方家人照一下面，而且还得作为新娘这边的人出席婚礼。神父，这些事您都已经答应了，所以妹妹这边基本上就没什么问题了，但是留在这里的我还得与那个野兽对决一番。如果您愿意暗中助我一臂之力的话，请您婚礼一结束马上就回到佛罗伦萨来。我希望您能在主显日当天的夜晚之前回来。"

院长就像真正的父亲面对自己的年轻儿子一样，用充满温情的目光注视着洛伦奇诺回答说：

"主显日是一月六日，在圣诞节前夕从特比欧山庄出发到回来大概相隔十天多一点。"

"我知道在冬天走这样一趟真的很辛苦，我也明白这的确有些强人所难，但我还是恳求您。"

老师轻轻拍打着心爱学生的手，用让他不必担心的口吻说：

"当我见到皮耶罗·斯特罗齐阁下后,就请他们立即先举行一个临时婚礼。斯特罗齐家族继承人的婚礼肯定得大张旗鼓,如果我在那儿待到那一天的话,你就有很长一段时间得孤身一人在此了。

"虽说是临时婚礼,但只要举行了仪式,新娘就能得到新郎家的保护,那我也就放心了,算是任务完成,可以赶回来了。在冬季最寒冷的一段时间内,往返穿梭于大雪覆盖的亚平宁山脉,好像又回到了以前从军的时代。不,在把战争当作职业的那个年代,会对部下提出这么艰巨任务的军官,也只有'黑队乔凡尼'了。"

年轻人没有说任何感谢之辞,只是在院长面前跪下,捧起老师的手,发自内心地轻吻了一下。而老师把手放在跪下后终于和少年时差不多高的年轻人的头上,温柔地抚摸着那头几乎呈黑色的浓密褐发。活泼的小麻雀飞到两人的身边,在冬天铺满了落叶的土地上不知啄着什么。

在面向弗朗西斯修道院的丝柏小道上,送院长回去的洛伦奇诺看见山脚下有一个男人正从另一条道走上来。男人抬头时院长也认出了他。当那个男人距离他们三十米远时,院长用他洪钟般浑厚的嗓音向他打招呼:

"丹多洛阁下!"

男人抬头微微一笑,举起手摇了摇表示回应。那一刻洛伦奇诺突然很想和这位威尼斯贵族再聊一次。

院长转过身告诉洛伦奇诺，最近这段时间马可·丹多洛常常到这儿来。

马可走近二人打了招呼，对院长和洛伦奇诺在一起仿佛已习以为常。洛伦奇诺对马可说希望有时间能再跟他见一次，马可答应了。于是，洛伦奇诺轻轻吻了一下院长的手后就告辞了。

他回到佛罗伦萨后要做的事，是绝不能对这二人说的。

# 叛逆天使

因为心中那股无法宣泄的怒气，亚历山德罗公爵的脸上呈现出一种黑红色。

这个二十六岁男人的肤色原本就是那种有些浑浊的黑色，若是混在一群有着大理石般白色皮肤的佛罗伦萨上流阶层的男士中，真的是非常显眼。而他一生气就有喝烈酒的习惯，所以那层黑色肌肤又会晕染上一层红色，呈现出一种更加丑陋的肤色。

今天把他惹毛了的是公爵夫人。那位年轻的玛格丽特夫人，只要有人不顺她意，也不管什么事，就喜欢提醒对方自己的出身，她会大声嚷嚷说像佛罗伦萨公爵这个级别的人竟然敢让最强君主神圣罗马帝国皇帝兼西班牙国王查理五世的女儿受这种气。她那般大喊大叫的举动，即使不是亚历山德罗，任谁心里也不会舒服。

但如果是对自己充满信心、性格豪爽的男人，要控制这种小姑娘绝不会是什么难事。他们也不是第一对政治联姻的夫妇,即使是政治策略,到了床上只不过是一男一女。实际上,一开始是因为政治因素深思熟虑后结合在一起,但到后来当事人却把这个忘得一干二净,转而相亲相爱的婚姻不计其数。

这两个人住到一起虽还不到半年,但对二人关系的改善谁都觉得不容乐观。

妻子叫嚷得越大声,丈夫就越不吭气。他既不会粗暴吼叫,也不会动手,只是脸色变成一种黑红色,两只眼睛空洞地大张着,不发一言。

他身边的亲信或仆人每天遭他辱骂都已成家常便饭,但他对那个还是小女孩的妻子却是这么窝囊,因此身边的人都不同情他。仆人们如果听到敞开的大门里边传出公爵夫人的尖叫声,就会害怕得不敢靠近。

洛伦奇诺一回到自己的府邸就听仆人说公爵来传过他,他来不及换衣服就直接去了美第奇宫。不过那里的用人们告诉他现在正是"风暴"当口,于是他再次回到自己的府邸,有了足够的时间清洗身体、换套衣服。

当他再次从大门走进美第奇宫时,已是暮色苍茫。听仆人们说公爵和公爵夫人各自吃了晚餐。公爵是独自进的餐,而公爵夫人则是和从西班牙带来的女官们一起吃的饭,二人都是各管各的。洛伦奇诺站在中庭抬头望向排列着扇扇拱门的二楼，公爵的起居室那儿静悄悄的，而公爵夫人起居室那片却是灯火通明，回廊中的莺声燕语甚至在中庭都能听见。

年轻人站在中庭听了一会儿，一点儿也没有感到冷。

如果是往常他肯定也会避开今晚的公爵，但今天他不会这样做，因为像今天这种情况反而更适合谈那件事。

管家替洛伦奇诺跟公爵通传完后，对他以既担心又放心的神色点了点头。

担心是因为管家平日对洛伦奇诺印象不错，而放下心来是因为每次公爵只要和洛伦奇诺说完话，心情都能雨过天晴，这是大家有目共睹的。洛伦奇诺走进公爵的卧室后，管家轻轻关上了门。


亚历山德罗穿着睡衣摇着头在宽大的房间里走来走去，他一看到洛伦奇诺进来就停住了脚步。他闪着黑色光芒的眼睛瞪着洛伦奇诺，用一种奇怪的平静语气说：

"你为什么这么频繁地到卡斯特罗山庄去？早就过了葡萄收获的季节，现在是农闲期，这一点我还是知道的。"

洛伦奇诺用一种同样平静却又明快的语调回答说：

"农闲期也有农闲期的工作，经营农场可不简单，而且……"

说到此处，年轻人故意停了下来。公爵依然看着他，但眼神变得猥琐起来，好像是在猜测洛伦奇诺是不是去找女人

了。洛伦奇诺用挑战似的眼神回望着他,继续说:

"而且我还去了趟特比欧山庄,所以才回来晚了。"

亚历山德罗的眼神这次完全变了,刚才闪现在眼中的黑色光芒已经消失,毫不掩饰地露出一种猥琐之态。他曾在外出途中遇到过劳德米尔,所以对她去特比欧山庄拜访伯母玛丽亚一事是知道的。

公爵等不及地催促着洛伦奇诺继续往下说。

洛伦奇诺仿佛就是要让他着着急,慢腾腾地走近公爵,即便周围根本就没有人,也故意在他的耳边轻声说:

"要说服我妹妹,那可不是一件简单的事。"

"那成功了吗?"

"我可不是明知不可能还会去挑战的傻瓜。"

"那你的意思是什么都没有做吗?"

"倒也不是什么都没做。"

"那到底怎么样了?"

"要说服我妹妹跟你睡,肯定是白费力气。如果非逼她,她肯定宁愿去死。即使明白神不允许,相信她还是会毫不迟疑地选择那么做。"

公爵吼道:

"我也知道她不是那么容易弄到手的。"

洛伦奇诺面不改色地继续说道:

"难办的是劳德米尔根本就不会同意和你上床。"

"所以我才更想要她呀,那种轻易就能到手的女人,我早就玩厌了。但洛伦奇诺,我可没有放弃。如果你真的什么事都愿意为我效劳的话,那就不可能有什么是不能办到的。"

亚历山德罗的意思洛伦奇诺当然明白,他好像正等着这句话一般,用一种二十二岁的年轻人本不会有的平静语气说道:

"劳德米尔是我的妹妹。"

"这个不用你说我也知道。"

公爵再次低声吼道。

"正因为是我的妹妹,所以如果她到我家来拜访,任何人都不会起疑。"

"那是当然。"

"所以我的妹妹接受了我的邀请,会到我家里来一次。"

"什么时候?"

洛伦奇诺呼了口气,缓缓开口说道:

"立刻让她过来那是不可能的。马上就是圣诞节了。从圣诞节前夜开始,然后是圣诞节,翌日又是圣史蒂芬日,五天之后就是一年的最后一天,还有新年起始的最初几天,这些对我们基督徒来说是一连串神圣的日子,一直到一月六日的主显日才算结束,这期间的十四天,我们基督徒必须保持身体清净,尤其是对位于佛罗伦萨国最高地位的您而言。"

"这些事不用你说我也知道。"

"不过等过了主显日,接下来就是狂欢节了,在这期间大家就可以随意活动了。"

"嗯。"

"其间的那十四天妹妹会离开女修道院,到伯母玛丽亚那边做客。妹妹从小就没有了父母,从幼年开始玛丽亚·萨尔维亚蒂一直就像亲生母亲般抚育照顾她,所以这是很正常的选择,我作为哥哥也不能多说什么。"

"……"

"但那两周的神圣日子过去之后,她就又得返回女修道院了。她答应在回女修道院之前到我家来住一晚。"

公爵那黑红色的脸仿佛一下子被光点亮了般,连声音也变得轻浮起来。

"懂了懂了,我明白你的计划了,只要等到一月六日晚上就行了是吧?"

"是的,您必须若无其事地等到一月六日晚上,这一点千万别忘了。真正的狂欢节是在那之后才开始。"

公爵一边点着头,一边抬头用一种有些狡猾的眼神斜睨着比自己高出一头的洛伦奇诺,把声音压得更低:

"如果那时劳德米尔依然不愿意怎么办?"

"公爵,您觉得那时我会怎么做呢?"

亚历山德罗狞狞一笑。

"到现在,不管什么女人我都没有需要你帮助过,看来这一次是需要了。不,你从一开始就得来帮我,那样也更有意思。我做的时候,你当哥哥的就帮我一直按着她,后面你要是想的话也可以爽一下。哥哥和妹妹的乱伦又不是没有,就比如佩鲁贾的波吉亚家的那对兄妹,当然他们是在双方自愿的情况下发生的,不过究竟是怎样开始的谁也不清楚。劳德米尔又不是一点也不懂男人,只要把她当作一个普通寡妇就行了。"

洛伦奇诺面无表情地听完这些话,然后几乎用一种冷漠的口气说道:

"公爵,您得跟我保证在一月六日夜晚之前,不对任何人提起这件事。其间您就照常生活,这段时间我也不会再去特比欧山庄,而是留在这里陪伴您。至于舞女,我找到了一个有阿拉伯血统的混血绝色美女,她是我从最近才到达里窝那港的土耳其船长那儿花了五十达克特金币买下的。"

让亚历山德罗公爵的好心情保持下去是一件简单的事,对一月六日晚上的期盼和对眼前阿拉伯舞女的期待,让公爵黝黑肌肤上的红色渐渐消失了,又恢复了二十六岁年轻人本来的快活样子。

服侍公爵就寝的管家胆战心惊地走进房间后,对主人心情的一百八十度大转变感到分外惊讶。

洛伦奇诺留下仆人们服侍公爵换睡衣，就离开了美第奇宫。之前莺声燕语、喧闹无比的公爵夫人起居室那边，也在黑暗中回归了寂静。已过了午夜时分，但面向拉鲁加大街的美第奇宫正门和在圣加洛大街上开着的后门，依然可见卫兵的身影。但是，在这个谁都知道和亚历山德罗公爵关系最亲近的亲戚洛伦奇诺·德·美第奇面前，却连一个拿着纸糊长枪的士兵都没有。

眺望着冬夜空中的那轮弯月，洛伦奇诺从美第奇宫的后门出来后，并没有立即右转回隔壁自己的家里，他仿佛想要享受一下静谧夜晚一般，不疾不徐地往家的相反方向走去。穿过还算笔直的街道，他来到了圣洛伦佐教堂正面的广场上。

年轻人在那儿站了一会儿。夜空中没有一片云彩，新月闪着微弱的光。在淡淡的月光下如果不凝神细看，几乎都看不清这个披着黑色长毛斗篷的年轻人究竟是谁。圣洛伦佐教堂的正面没有最终完工，砖块都露在外面，不易反光，洛伦奇诺的身影就这样融入了夜色之中。

年轻人思索着现在自己究竟是怎样一副面容。

会不会是一张恶魔的脸？

他出生时可并不是一个恶魔。

是的，原本他可是一个天使。他觉得自己更像是与神抗争，而被打入地狱的叛逆天使路西法。

但路西法的样貌应该不像真正的恶魔那么恐怖和丑陋吧。

这个美丽的叛逆天使，外貌如天使般美好，但内心却比恶魔更加邪恶。

但年轻人又转念一想。

路西法这个名字还有一层意思，那就是启明星。

在日出之前出现在东方天空中的星星被称为晨曦之星，而日落之后在西方天空出现的星星则被称为金星（维纳斯）。

维纳斯，用作阴性名词的话意为美之女神，作为阳性名词使用的话就是晨曦中的金星。

年轻人走动起来，但不是朝向自家方向，而是相反方向。

沿着圣洛伦佐教堂的右手边走下去就是美第奇家族的墓地了，教堂的后边种着不少守护墓地的丝柏树，已长成了一片小树林。

邻接着墓地的这片小树林，在白天只有孩子或猫才会光顾。而现在已经过了夜半时分，隐约的月光只能模模糊糊照出树木的形状。

年轻人走进小树林后，他附近传出了小树枝咔嚓折断的声音。在两三棵树之外的阴影下，有什么动了动，然后那个轻轻踩在枯叶上的声音渐渐靠近了他。

"少爷，我在等您。"

随着说话声看去，摘下头巾的正是半月馆的老板乔瓦尼。

# 远方的光

夜色的树丛中，两个披着黑色斗篷的男人看上去几乎与树无异。

"那件事一定让你很恨我吧。"

"完全没有的事，少爷。即使当时被砍了头——因为我什么都没有吐露——也可以说是帮到了您，让我得偿夙愿，终于回报了令尊的大恩大德。我真的无怨无悔。"

"没想到你还真的挺过来了。"

"杀拉波那件事，本就不是我直接动的手，我只不过是找了搬运尸体的车而已。直接下手的那个雇佣兵队长和两个手下已经成功脱逃，所以只要我守口如瓶，除了少爷以外就没有人再知道这件事的真相了。我就是一直这么想，才经受住了拷问。"

"但那个葡萄酒商人又是怎么暴露痕迹的呢？"

"因为货车沾上了人的血迹。他虽然毫不知情，但以为向他借货车的我与此事有关，为了保护我才不经意间有了那样的举动。不过您不用担心，他比我还清白呢。虽然判了五年的牢狱之刑，但我已经把他从监狱里给弄出来了，舆论的余热一过，就会把他送去土耳其。他的儿子们正在那儿等着他呢。他到最后也没有供出借给我货车一事，也算我欠了他一个人情。等再过个三四年，他就又能回到意大利来了。"

洛伦奇诺静静地听着没有出声，突然像下了决心般开口说道：

"我想再拜托你一件事，能不能再帮我一次？这次跟之前杀死拉波时不同，不是为了故意找碴儿而杀人。这次我要亲自动手，只要你帮个忙就行了，大概半个小时就能结束。而且这一次绝对不会让你再受到伤害，甚至不会有人怀疑到你身上。我一直不让你来我的住处，就是为了不让仆人知道我和你的关系。只要这件事一结束，你那永远做半月馆老板的梦想就能成真了。"

"这次是杀谁呢？"

"至于杀谁，和上一次一样，你还是先不要知道为好。尤其是这一次，你得到场帮我，到执行之前再告诉你，也是为了你好。"

"但是少爷，您可不能亲自动手，您的祖父和父亲如果知道了会有多伤心啊。如果是您深恶痛绝之人，就让我来动手吧。我将您当作至死都要追随的主人，早做好了随时为您赴死的准备。"

"这件事如果不是我就无法完成,别人去做肯定会失败的。不过你不要再问下去了。拜托你这件事,已经让我心里很是愧疚了。关于到底要不要把你拖进来我苦恼了很久,但我可以完全信任的人也只有你了。所以请什么都不要再问了,只要按照我的命令行事就行了。请体谅我这最后的请求。"

"少爷,您对我乔瓦尼客气什么呀。当初我被丢弃在卡斯特罗山庄附近的森林里,是您的祖父把我捡回家并把我抚养长大,也没有让我在农庄里干活,而是让我做年纪相仿的您的父亲的玩伴。

"而老爷不但没有轻视过我这个不知从哪里来的孩子,还一直为我的将来操心。美第奇一族被驱逐出佛罗伦萨的时候,他甚至因为我从此之后得独自闯荡给了我一笔资金,我有了这笔钱才能去土耳其。我现在拥有的一切,都是拜您一家所赐。

"如今老爷已去世,如果我不为少爷尽些力,还谈什么报恩?如果当年我被丢弃在森林里的时候一直没有被人发现,不是饿死就是被野狗给吃了。您家不但救了我,还让我过上了普通人的生活。

"对我有大恩大德的老爷最开心的事就是您的出生,他甚至特意写信通知当时在君士坦丁堡的我。我花了两个月回到故国,只是为了当面为长子的出生向老爷道个喜。老爷是一个不爱说话、性格安静的人，但当时他那开心的样子，即使过了二十多年，我依然记得清清楚楚。

"如今唯一可以让我报恩的，就是您了。不论什么事，您尽管吩咐。从很久之前开始，我乔瓦尼就做好了为您赴汤蹈火的准备。"

乔瓦尼说完后，洛伦奇诺好久没有说话，他只是在黑暗中把手放到这个忠诚男人厚实的肩膀上。

"你都不问问我到底是什么事必须依靠你的帮助才能完成吗？"

"既然少爷已经决定自己动手，就说明事情不一般。不是非常之事，您不会下那样的决心。我什么都不会问。若不是受到了极大的委屈和伤害，您是不会那么决定的，一想到此我只觉得很心疼。"

洛伦奇诺放在乔瓦尼肩上的手握得更紧了。

"我希望你在主显日那晚，吃过晚饭后到我家来一趟。我会事先打开后门。以前我曾把我家的结构图给过你，你应该知道怎么走。从后门进来后朝左走有一个用人走的楼梯，通过那个楼梯到我的房间里来，在那儿等着就行。那天我会给所有的仆人放假，让他们出去。因为是主显日，那个忠实的老仆应该也会开开心心地回去和家人团聚。"

"明白了，我一定谨遵您的命令。"

"在此之前,你不要联系我,和我约在圣洛伦佐教堂见面说事的行为也暂停一下。圣诞节以及之后连着的节日,你就跟往常一样生活,我也是。"

乔瓦尼在黑暗中点了下头。于是,两个男人钻出丝柏树林,告别后分别从左右两个方向离去。月淡如水,挂在西空。

年轻人昏昏沉沉,一直沉睡着,当他睁开眼的时候,附近圣洛伦佐教堂的钟声正洪亮地宣布正午的到来。

虽然窗户关着,但钟声依然透过窗户传了进来。还有不同于圣洛伦佐教堂音色的钟声从更远处传来,那无疑是花之圣母大教堂的钟声。如果现在打开窗子,那么从相反的方向还能听到圣马可修道院的钟声。

每座教堂的钟声都有微妙的区别,在佛罗伦萨的街上听到的钟声就是那些钟声汇合后的声音。

山庄的日常生活也靠钟声来划分,这一点和城市生活没有什么不同,只是田园里的钟声更加单调一些,一般能听到的只有附近乡村教堂里传来的钟声,最多也就两种钟声交汇在一起。钟声越过丘陵的山脊直至山谷,然后又爬上丘陵,总是那么幽缓而单调。

相比之下,城市中听到的这种汇合在一起的钟声却有着一种无法言说的美妙。洛伦奇诺打开了全部窗子再次回到床上,身体有一半依然处在梦境之中。

远方的光

这位年轻人躺在床上，全身沉浸在那融合在一起、美妙如交响乐般的钟声中，感受着城市生活的魅力。

田园生活虽然很安稳，但也很单调。伯母玛丽亚每次见面都劝他彻底搬到卡斯特罗山庄去过田园生活，不必继续像现在这样在亚历山德罗公爵身边伺候，但是他总是提不起兴趣。是因为田园的钟声太过单调吗？

相反，在城市中，一切都如大杂烩般融会在一起，不论是善恶美丑还是高贵低贱，任何不具备两面性的事物几乎无法存续下去。

但正因如此，崭新的事物才不断在城市中被创造出来。没有恶与之同行，善就不是真正的善，看不见丑陋的人创造出来的美也不可能是真正的美，低俗的泥沼也许是孕育真正高贵事物的土壤。

这就是城市才会有的魅力。洛伦奇诺热爱城市文化和文明，他无法想象离开了都市自己会怎样。

如果有一天他无法在佛罗伦萨的城市中继续生活，他觉得自己也不可能沦落到去郊区过田园生活。如果真的发生了那种状况，他一定选择到别的城市去生活，比如威尼斯或罗马。

并不是说人类群居在一起就构成了城市，最重要的是住在那里的人面对生活的姿态，这种"姿态"与文明相关。在拉丁语中,"文明"起源于"城市"这个词,难道是因为古人认为文明都是源于城市吗?热爱古典文化的洛伦奇诺·德·美第奇,如此执着于城市生活,也是源于他内心情感的归属。

就在思考这些事时,那一半依然沉浸在睡眠中的身体渐渐清醒了。他从床边下来挑开长长的丝绸流苏,拉了拉墙上连通着楼上下人房间响铃的绳子。

应声而入的老仆走进窗户大开、满是阳光的房间时稍稍有些吃惊,但他依然保持着平时的语调小心谨慎地跟主人打了招呼。洛伦奇诺命他把餐食拿到房间里来之后,又吩咐了他两件事。

"派人去一趟萨尔维亚蒂银行,跟那边说一声我下午过去。还有,回来的路上让他再去一下半月馆,问一下丹多洛阁下最近有没有时间过来一趟。"

老仆答应后出了房间,不一会儿就端来了早餐兼午餐,虽然都是一些很朴实的饭菜,但看得出是用心烹制的。从洛伦奇诺父亲那辈开始就在这个家里服侍的老仆,对于胃口不大的洛伦奇诺的口味了如指掌。他早起时的饭菜和像今天这样睡到中午时的饭菜是完全不同的。

飘着鸢尾花香味的葡萄酒永远不会缺席,装酒的酒壶大小也各有不同,有白天喝的和晚餐时慢慢享用的两种。

当洛伦奇诺怡然地享用完饭菜时，派出去的下人也正好回来了。半月馆离这里很近，但萨尔维亚蒂银行在花之圣母大教堂的另一边，往返一趟得三十分钟左右。洛伦奇诺的府邸正好位于市中心，从佛罗伦萨的一头走到城市的另一头其实也就不到两小时。

萨尔维亚蒂银行那边回复说会恭候洛伦奇诺，可半月馆的答复却让洛伦奇诺很是意外。被派去传话的年轻仆人虽然与洛伦奇诺年龄相仿，但一到主人面前就变得相当拘谨，甚至语无伦次。他说回复他的是半月馆老板。

"据他说丹多洛阁下已经离开半月馆了。"

"是离开佛罗伦萨了吗？"

"不，还在佛罗伦萨，只是不住在半月馆了。"

洛伦奇诺稍稍有些急切地问：

"乔瓦尼老板有没有说丹多洛阁下搬去哪里了？"

"说了，说是受弗朗切斯科·韦托里先生之邀，搬到韦托里先生的府上去了。"

"那只老狐狸！"

对于洛伦奇诺不经意间流露出的激动，年轻仆人没有感到害怕，反而有些吃惊。等仆人退出房间，洛伦奇诺不得不再次佩服那个老贵族的狡猾。但韦托里所做之事，他并不是没有想过。他第一次说出"老狐狸"是不小心说漏了嘴，但第二次苦笑着说的时候已经充满了对敌人深思熟虑的衷心赞赏了。

马可·丹多洛是威尼斯名门世家的家主,但熟悉了他这个人之后,就知道他不仅仅只是一位出自名门望族的贵族而已,在威尼斯共和国无坚不摧的政治体制下,对像马可这样的人物他不可能就这样放任不管,让他就这么留在佛罗伦萨。为了加深和马可的关系,邀请他住在自己的府上,这一层原因二十二岁的洛伦奇诺能想到。

年轻人再一次唤来了仆人。

"你去韦托里阁下的府邸一趟,跟他的客人丹多洛阁下说我想见他一次,就明天下午,问一下他是否方便。"

其实,那只"老狐狸"邀请马可做客还有更深一层的意义,而那就不是洛伦奇诺能想到的了。

# 阿尔诺河的另一边

韦托里家族虽不如从前,但毕竟还是和美第奇家族有着姻亲关系的名门望族。

从经济方面来看,随着佛罗伦萨经济的衰退,这个家族也渐渐无法掩饰自己的衰落,但他们依然在郊外拥有两座山庄,在市区也拥有两座宅邸。市区中的一座位于阿尔诺河的南边,弗朗切斯科出生后就一直住在这个宅院中。

这是土地相对充足的南岸豪宅中的典型庭院。宽敞的庭院郁郁葱葱,一片绿色,隔着院子,另一边的人几乎很难看到主人住所这边的情况。

马可作为客人住的这边,还配备了下人的房间,几乎是独门独户,而且穿过中庭还有个专用的出入口。除了出入时要麻烦一下大门的守卫,客人的行动可以说是完全自由的。

而且,从那儿向阿尔诺河的方向走一小段路,在圣三一桥前向右转,走到博尔戈·圣雅各布大街,就是奥琳皮娅借住的地方了。马可去情人的住所，比之前从半月馆提供的住所出发近了好多。

由于主人马可的三餐现在都由韦托里家准备，身边的年轻仆人每天只要照顾好他起居方面的一些琐事就行了，一下子变得闲适起来。虽然他是个沉默寡言的人，但和韦托里家的用人们倒也意气相投，有时候还会帮他们干一些活儿，每天看上去也很是愉快。

韦托里家用人们的大气其实也是主人性格的一种体现。一般如果连续很多天和旁人一起用餐，不论是谁都会感到一些不适，但在弗朗切斯科·韦托里家的餐桌上尽是有趣之人，而且新面孔络绎不绝，马可未感到丝毫不适，甚至觉得非常愉快。

来用餐的也不尽是贵族。韦托里在担任大使期间认识的人只要来到佛罗伦萨必会到他家来拜访，从罗马来的主教有时还会对他的反教会主义嗤之以鼻。

即使是以介绍"自由妓女"为副业的新兴暴发户多纳托，在这位佛罗伦萨名门贵族的家里，也不会遭到任何差别待遇。

"年轻时，我和马基雅维利常常泡在他家玩儿呢。"

韦托里一边笑着一边在马可耳边轻声说。因为是在自己家里，虽然没有"自由妓女"作陪，但气氛还是那么无拘无束。

而且，对马可来说，和这位真正的贵族谈论政治，也是一件非常刺激有趣的事。

不管怎么说，对方有着三十年的执政经验，而且一大半时间还是处于第一线，曾经在神圣罗马帝国皇帝、法国国王以及罗马教皇身边任大使，没有几个人能像他那般了解当时国际政治的内幕了。而弗朗切斯科·韦托里对政治的确是有独到的见解。

一天早上，他们聊起了这样一个话题。马可问老贵族是如何看待以民主制为基础理论的共和制的，老贵族这样回答了他。

"我觉得要谈这个话题就得回溯到源头。不论采用何种政治体制，民主政体也好，少数领导者也罢，或者是贵族制、君主制，这个政权如果想要拥有长久的政治生命，就必须满足每一个国民在物质上的需求。所以说，只要是可以满足个人物质欲望的政治，不管是民主制还是贵族制、君主制，其实都与主义无关，都会被赞颂为善政，而结果就是这个善政可以长期维持下去。

"但在现实中是不可能做到那样的。要满足每一个国民的物质需求，即使是神也做不到。可人们一般不会那么认为，他们会觉得都是因为政治体制有欠缺。所以，全民参与的民主制，或是部分能力优秀的人作为领导的寡头制，抑或是把所有权力交付给一人的君主制，究竟哪一种体制更好，这样的讨论从古希腊一直延续至今。

"说到这儿，作为少数领导者管理下的威尼斯共和国的市民丹多洛阁下，也许您会问这样一个问题：即使不能满足每一个国民的需求，但满足大部分人的需求应该是可以做到的吧。

"的确有时是可行的，但是得具有满足大部分国民欲求的经济能力，也就是分配给他们物质的经济实力才行。佛罗伦萨在共和制时代经济实力雄厚，表面上虽被称作民主制，实际实行的却是寡头制。在但丁生活的13、14世纪，如果没有佛罗伦萨银行的融资，英格兰国王以及法兰西国王甚至连一场战争都无法发动，所以共和制也是有成功之处的。

"但之后经济发展越来越缓慢，到了不经过慎重考虑分配关系就无法满足大部分人的时代，美第奇家族的势力开始渐渐兴起。15世纪的佛罗伦萨虽然依旧和以前一样被称作共和国，但其实已经与君主制无异，转变为由少数人领导的僭主制的政治格局了。

"然而这种状态也随着'豪华者'洛伦佐的去世而发生了急剧的变化。佛罗伦萨不但经济衰退，连具有公正的分配能力，也就是擅长统率的人物也不再出现。现在的佛罗伦萨只知道把国民不满的原因统统归结为政治体制的优劣，长此以往便是一片混乱。不管实行哪种政治体制，不满意的永远占大多数，所以在野党总是多数派。比起执政党，在野党更加强大却又没有可以替代执政党治理国家的能力，这种情况下，谁又能坚持自己一贯的政治立场来面对只会发表强烈不满意见的反对派呢？"

马可沉默不语。在他的内心深处对这个观点有一半是赞同的，另一半却依然充满了疑问。韦托里仿佛看穿了马可的心思一般，继续往下说道：

"但威尼斯和佛罗伦萨不同，威尼斯有共和制存续下去的土壤。你们的经济实力如今依然雄厚，可以满足大部分国民的物质需求。同时，公正分配的政治能力基本也是健全的。你们威尼斯由两千个贵族形成的寡头制一直保持着一贯的政治立场，统治着国内二十万国民，那十九万八千人不可能全部成为反对派。可以切分的蛋糕还有很多，即使切分也具有可以让人认同的公正性。可以在那种国家执政的您真是幸福，同为意大利人的我真的很羡慕您。"

马可从心底里感到无话可说。为了把客人从沉默中拯救出来，老贵族把单方面的演说改成了对话的形式。

"丹多洛下，您在政府机构中工作的时候，是不是不拿工资的？"

"在威尼斯共和国能拿到工资的只有官僚。对于总督或是常驻他国的大使，也会支付必要的工作经费。"

"也就是说，那两千名拥有着国家政治权力的贵族，是无报酬地在进行着政治工作的。"

"是的。建国以来，威尼斯一直就是这样持续至今的。"

"这个制度至今依然发挥着机能,都是因为威尼斯高层精英们的生活费用可以完全不指望国家的工资。"

"在政府机构担任要职的条件是拥有元老院元老的身份,每个家庭只有一人能就职于有将近两百人的元老院成为元老。原本设计出这个方案是为了不让权力集中于一家之手,而结果是为了让那个在政府机构工作的人生活可以得到保障,家族中其余的人就得替他管理个人资产,所以我们才能把这种无偿工作制度维持至今。"

"但丹多洛阁下,如果您的名下没有那笔可以动用的资产又会怎样呢?您出生在建国后的名门望族中,为国家进行政治工作,却没有要求相应的报酬。假如没有这样一份工资您就无法生活的话,您又会如何呢?

"如今佛罗伦萨面对的问题就在于此。我也好,圭恰迪尼也罢,如果不拿承担政府工作的那份工资,就无法维持生活水准。美第奇家族也是一样,他们以前在手工业和金融方面权倾天下的时代早已过去。如今在佛罗伦萨,可以不考虑生活支出而从政的只有在欧洲开遍分行的银行家斯特罗齐家族了。菲利普·斯特罗齐至今可以支持共和制,一直反对美第奇家族,也正是因为他在经济上已经打好了基盘。

"与他相比,我和圭恰迪尼,还有与我们二人相似的佛罗伦萨的精英分子们,都只不过拿着工资在生活而已,和你们国家的官僚完全一样。我们不是政治家,而是官僚。这种情况下，既有职位，生活方面又完全有保障的只有君主了。宫廷中的人不具有生产手段，只能成为官僚换取俸禄。我们这些佛罗伦萨的贵族，除去斯特罗齐以外，大部分人之所以这么捧着美第奇家族，都是因为心存这种小算盘。不过这只是一半的原因，还有一半的原因更堂而皇之一些，那就是如今的佛罗伦萨比起其他国家，最需要的是和平。"

"威尼斯也需要和平呀。"

"是的，不过威尼斯需要的和平是对外的和平，你们国内不是已经非常和平了吗？相反，我们佛罗伦萨需要的是国内的和平，换个说法，就是需要秩序。如今的佛罗伦萨已经没有包容无序状态的体力了。

"在我看来什么主义都是一样的，什么民主制、寡头制、君主制，对我而言都无甚差别，我对谁成为统治者也并不关心。我只想好好守护我们美丽的佛罗伦萨，祈愿佛罗伦萨能恢复有序状态，保持和平，尽量延续下去。我就是一直这么祈祷的，所以直到这个岁数还在操心着国政。"

马可微微苦笑着开口说道：

"我们威尼斯人也许对政体的不同不太敏感吧，我们觉得只有善政与苛政之分。"

佛罗伦萨的老贵族附和着客人苦笑说：

"太过热衷于党派活动，到最后的确容易忘记真正的重点啊。尼可罗（马基雅维利）曾经说过这样的话：'如果要我从非正义却有序的国家和正义却无序的国家中做出选择的话，我应该会选择前者吧。'对于这个观点我举双手赞成。尤其看着如今的佛罗伦萨，我更会毫不犹豫地这样选择。"

"您所说的非正义，是指美第奇家族的独裁统治吗？"

"丹多洛阁下，您让我说得太多了。"

二人同时笑了起来，正在这时，洛伦奇诺派来找马可的使者走了进来。

使者带来的洛伦奇诺的亲笔信上写着，明日午后能否和您在近郊骑马散步。

马可当着韦托里的面告诉使者他可以。老贵族狡黠地笑着说：

"威尼斯的丹多洛阁下真是受欢迎啊。"

马可只是对他微微一笑。


第二天，美第奇家族的年轻人备好了马匹在韦托里的府邸门前等候。

二人骑着马从韦托里家出发后朝着佛罗伦萨南边的罗马门走去，然后又从罗马门出了市区。这是一个和煦的午后，几乎让人感觉不到已是临近12月的月末。

洛伦奇诺一直聊着一些琐碎之事，马可觉得他肯定是有什么要事才把自己约出来，只是一直不切入正题。马可也没有强行问他什么,只是骑在马上随意跟着走。

马匹缓缓而行,出了罗马门之后,美第奇家族的年轻人向左骑去。在佛罗伦萨南边的城墙边是丘陵地带,道路也是不断的上坡下坡。左手边是高高的石墙,而右手边是一直延伸到远方山丘的田园。为方便采摘橄榄,每一棵橄榄树都间隔甚远,而葡萄藤则种得极密集,这一片是托斯卡纳地区典型的田园风景。

过了罗马门,当守卫圣乔治门的卫兵映入眼帘的时候,美第奇家的年轻人好像终于准备好切入正题了。

"菲利普·斯特罗齐阁下目前正'滞留'在威尼斯,难道威尼斯共和国在政治上有允许接收流亡者那样的法律吗?"

"也不算法律,应该说有这种传统更加贴切。单单说佛罗伦萨人,从一百年前美第奇家族的柯西莫,到后来投靠威尼斯的众人,威尼斯共和国政府从没有拒绝过任何一个人。不单是政治上的流亡者,连宗教上的流亡者,也可以在威尼斯的领土内逃过教皇的非难。"

"也就是说即使不是斯特罗齐家那种有钱人也不用担心什么,是吧?"

马可禁不住笑了起来,不过以防万一还是加了一句。

"唯一的条件就是不会在威尼斯社会中引起混乱,也就是说不会违犯威尼斯共和国的法律。"

年轻人严肃地点了点头。马可不禁问年轻人是否有去威尼斯的计划，想不到对方却明确告知并没有。

"怎么可能，我完全没有去威尼斯过流亡生活的理由呀。"

马可回答说也是。

在这个午后几小时的散步中，有点意义的对话只有这些。通过圣乔治门再次回到市区的二人，朝着市中心走下了山坡。因为坡相当陡，骑在马上完全不能分心，所以从下坡后一直到老桥那儿，二人都没有再交谈什么。

二人在老桥的桥下道别。在期待着圣诞节的熙熙攘攘的人群中，年轻人牵着两匹马渐渐远去，不知为何马可一直望着年轻人的背影，目送了好久。

# 主显日之夜

主显日是庆祝耶稣向世人显示神性的一个传统节日,纪念幼小的耶稣对拿着礼物跟随着耀眼的大星从东方而来的三位博士显示了自己的神性。从十二月二十四日的圣诞前夜开始一直持续到一月六日为止,一系列庆祝活动才算告一段落。

不过这只是比较正式的意义,主显日还有更现实的恩惠之意。人们模仿东方三博士给年幼的耶稣送来不同礼物,在这一天也会给自己孩子送礼物。传说礼物是由一个叫贝法妮亚的女巫老婆婆骑着扫帚带来的。

从基督诞生之日开始的这段神圣的日子,会在孩子们拿到礼物后的欢天喜地和大人们想着第二天狂欢节即将开始的暗暗窃喜中结束。一月六日总是在各处的爆竹声和欢笑声中过去的,这是每年都不变的风景。1537年的这个主显日,也和往年一样。

妹妹在圣诞前夜秘密出发，到今天，差不多是两周，洛伦奇诺自己也说不清到底是长还是短，应该也不算短了。圣诞节那天他在花之圣母大教堂参加了弥撒，第二天圣史蒂芬日他也如常坐在亚历山德罗公爵的身边听大主教的说教。在1536年的最后一天和1537年的最初几天，他一直是美第奇宫节日餐桌上的常客。这个年轻人的日常生活看起来没有丝毫变化。

然而在心底深处，他一直向神祈祷着，祈求神一定要保佑他的计划成功。即使公爵死了，佛罗伦萨也不会有一个人为他流一滴眼泪。

亚历山德罗公爵平时一直穿着铁质的网格内衣，没有大批武装卫兵围在身边也不出门，能杀死公爵的只有他身边最亲近的自己了。洛伦奇诺内心没有一丝罪恶感，只是一心祈祷着自己的成功。

而这一天终于要到来了。

前不久，弗朗西斯修道院的年轻教士替院长带来了信，上面写着所有的事都非常顺利，临时婚礼平安无事地完成。妹妹那边已经没有什么需要再担心的了，剩下的最后牵挂也终于解决了。

在美第奇宫里，比往常更加热闹的主显日晚餐快要结束了。洛伦奇诺如往常一般出席了晚宴。公爵一副酩酊大醉的样子。两腿已经站不稳了，比往常更早地被仆人们驾着回了寝室。跟公爵夫人一样依然兴致勃勃的西班牙女官们，脸上明显显露出一种轻蔑的神情，目送着公爵离场。

洛伦奇诺表示既然主人已经离席，那么自己也就告辞回家了。当他和公爵夫人道别时，夫人和她的女官们都邀请他留下来到公爵夫人的房间那边，继续共度良宵，不过年轻人礼貌地拒绝了。

从卫兵守卫着的美第奇宫的后门出来后，向右转走不到十步就是他家的后门了。推开厚重的大门，包括那个忠实老仆在内的所有下人都被放了假，屋子里寂静无声，甚至能听到厚皮靴底摩擦石阶的声音。

推开卧室的门，黑暗中有什么动了动。洛伦奇诺把手里的烛台向那边一照，只见半月馆老板乔瓦尼正跪在那边。他起身用平静的声音说道：

"少爷，我助您来了。"

他帮洛伦奇诺脱下节日穿的华丽外套，年轻人一言不发。当洛伦奇诺身上只剩下宽松的白色丝绸衬衫和黑色紧身裤时，他把双手放到乔瓦尼的肩上，压低了声音说：

"我要杀公爵。"

乔瓦尼并没有显出特别惊讶之色，只是重重地点了一下头。

"但我不会借你之手,我要亲手杀死他,我只需要你从他背后倒剪双臂就行。杀他这件事,我要亲自动手。"

一袭黑衣的半月馆老板以一种认识他的人几乎不曾见过的沉稳之色对年轻人说:

"少爷,还是让我来做吧。"

"不,你不会有我心中的怒火,这是我自己的事儿。"

乔瓦尼重重地点了一下头表示明白。年轻人继续说道:

"没有谁看到你从半月馆出来吧?"

"没有。我是等到老婆熟睡之后才出门的。"

"那就好。事情很简单,完事后你从这里出去马上回到半月馆,在你老婆身边躺下睡觉。不管发生什么事,都不要联系我或者接近我,继续做你的半月馆老板,暂时也不要出佛罗伦萨。"

"明白了。"

乔瓦尼回答的语气依然那么镇定。洛伦奇诺又对乔瓦尼下达了几个简短的指令,乔瓦尼都一一点头表示会意。这个半月馆老板自始至终都没对今晚要做这件大事的理由追问过一句。

年轻人拿起烛台先走进了卧室,乔瓦尼默默跟随其后。走进卧室后,洛伦奇诺用手中的烛台点燃了房间里的蜡烛,被点燃的四根蜡烛柔和地照亮了整个房间。

年轻人拿起只插着一根蜡烛的烛台走近一个墙角,按了一下墙壁上以假乱真的地方,那道暗门便无声地打开了。二人弯腰钻入,一直走到暗道中的转弯之处,这时年轻人回头以眼示意,乔瓦尼也以眼神回应,并轻轻点了下头。从这儿开始,年轻人一个人朝前走去。

已经等得不耐烦的亚历山德罗公爵,一听到暗门发出低沉的声音被推开后,立即从床上跳了下来。就如预先二人商量好的那样,仆人们服侍完公爵就寝后都回了自己的房间。

穿着白丝绸衬衫的公爵一边斜眼看着打开门后走进的洛伦奇诺,一边开始穿紧身裤。当公爵准备把手穿过袖管穿上外套时,洛伦奇诺制止了他,说这样就行了。公爵伸出手说至少得穿上那件满是刺绣的衬袄,洛伦奇诺同样制止了他,笑着说那边也只穿着睡衣而已。公爵露出猥亵的笑容听从了洛伦奇诺的意见。

插着一根蜡烛的烛台只能微微照到一小片地方,年轻人拿起烛台推开了暗门,站在门前等着公爵,用眼神示意公爵先请。公爵走进暗道,年轻人紧随其后。

当走到暗道的拐弯处时,年轻人叫了公爵一声。

"公爵大人。"

听到叫声后毫无戒备之心的公爵回转身来,就在此时乔瓦尼悄无声息地靠近了公爵,以迅雷不及掩耳之势对他倒剪双臂。这时洛伦奇诺对着上半身已无法动弹的公爵,拿出事先藏好的双刃短剑刺了过去。

这一剑好像插到了要害,亚历山德罗还在那儿呻吟挣扎着,掉在地上的烛台不小心被踢灭了。

黑暗中,公爵的白丝绸衬衣成了唯一的目标。洛伦奇诺想对着公爵的脖子再插一剑,又怕伤到在他背后的乔瓦尼。洛伦奇诺的剑刃越来越钝了。

公爵临死前如魔鬼般的尖叫声震动着墙壁,年轻人忘记了在暗道里其实根本不用担心任何人听到这叫声,竟试着用左手去捂对方的嘴巴,而已经变得像野兽般的公爵一下子咬住了他的手。洛伦奇诺试着抽回手,但手指上的皮肉好像已被咬去了一块,传来的痛感让他感觉自己应该在流血。

最后关头是一直在公爵身后倒剪其双臂的乔瓦尼把已经体力不支的公爵拖倒在地,然后取出藏在身上的短刀,一下插进了他的心脏。上半身已经满是血的公爵终于不再动弹了。

身上溅满了公爵之血的洛伦奇诺呆呆地站在那儿。乔瓦尼的声音没有丝毫变化。

"少爷,我们怎么处置尸体?"

年轻人终于回过了些神,说了两三个不成句子的单词。

于是,乔瓦尼扛起尸体在墙壁中的暗道中向美第奇宫走去。亚历山德罗又肥又壮,即使乔瓦尼体格健壮,扛着走起来也是摇摇晃晃,又没有烛光,只得摸索着前进。

主显日之夜

乔瓦尼走到底推开了门，把扛着的尸体放到床上。尸体在罩在床四周的白色厚重丝绸帘子也蹭上了不少血。

乔瓦尼想到即使用被子把公爵盖起来装作睡着的样子也无济于事，索性把尸体就那样放着了。接着，乔瓦尼把站在一边俯视着公爵尸体的年轻人，一直推到还打开着的暗门内，然后自己也跟着进入，并关上了门。

但是，即使是自始至终保持着冷静的乔瓦尼也没有注意到，洛伦奇诺左手手指上流下的血从公爵的床上到暗门滴了一路。

回到自己卧室后，洛伦奇诺终于回过了神，他已经镇定如初。左手的手指被咬得很深，乔瓦尼为他做了止血处理，并有条不紊地为他换下沾满血的衣服，换上了一件干净衣物。乔瓦尼把那些沾满血的衣服扎在一起准备带回家后会烧掉。

年轻人对着显出一副接下来我们怎么做的神情的半月馆老板，先开口说道：

"可以了，你先回家吧。不要担心我，回家去休息吧。我也要睡一会儿。到时候，我会再跟你联络的。"

于是，乔瓦尼深深鞠了一躬走出了房间。

年轻人坐到床边，沉浸在终于一切都结束了的安心中。面对着熟悉的房间，他仿佛第一次看到般慢慢环视四周。

左右两边墙上分别挂着波提切利的《维纳斯的诞生》和《春》，如往常一般给房间营造出一种优雅的氛围。房间一隅的立式书桌上，摊放着有波提切利插图的《神曲》，正翻开在他最喜欢的那一页。而床边的小桌上，也和往常一样堆放着普鲁塔克和马基雅维利的书籍。年轻人是怀着明天、明天的明天，还有从今往后的每一天都能置身在这些事物之间生活下去的信念，才决定干今晚这件事的。

等到了明天，就会有人发现公爵的尸体，搜查犯人应该是极其困难的一件事。自己有完美的不在场证明，也没有人知道乔瓦尼曾经来过这里，他的口风之紧，在之前被逮捕时已经被证明了。

洛伦奇诺只要装出一副完全不知情的样子就行了。死去的亚历山德罗没有孩子，查理五世如果想让佛罗伦萨继续实行君主制，只能在自己和柯西莫之间选出一个成为新公爵。假如不再实行君主制，那佛罗伦萨可以再度恢复成为共和制。

对于这个二十二岁的年轻人来说，不论哪一种制度都无所谓，他并不是因为想成为公爵才杀死亚历山德罗的。

他希望自己能慢慢睡着，不想翻来覆去始终无法平静下来。年轻人开始在房间里走来走去，他发现他想甩去的那些想法正一点一点开始慢慢侵袭自己。

对于要杀公爵这件事他一直没有任何罪恶感或厌恶感。即使暗杀成功后到现在，他依然没有那种感觉，取而代之折磨着他的是不安和恐惧。

真的不会有人发现那条暗道吗？

在公爵的卧室里，有没有留下什么自己曾经待过的痕迹呢？

乔瓦尼从家里出来时，真的没有一个半月馆的客人瞧见他吗？

对于洛伦奇诺凑巧在今晚给这座宅子里所有下人都放假这件事，巴杰罗的官僚们难道不会有一个人起疑吗？

洛伦奇诺回想起巴杰罗监狱内的那些严刑拷打，恐惧得差点叫出声。这个美第奇年轻人不曾经历过战争，也没有什么格斗经验，连自己能忍受多少肉体上的痛楚也不曾试过。他试着去想乔瓦尼是怎样忍受下来的，但越想只觉得越害怕。

年轻人停住了脚步，刚才回到房间时的那份镇定已消失得无影无踪。他下意识地穿上衣服，还披上了斗篷。

他走下楼梯，从中庭一角的马厩里牵出自己的马。他从后门走出时，夜更深了，街上一个人影也没有。

当他到达圣加洛城门时，那儿的卫兵们正围着篝火。一个像是队长的人虽然认识洛伦奇诺，但依然用怀疑的眼神看着这么晚要出城门的他。当听到年轻人说因为得知伯母玛丽亚得了急病所以得赶过去时，就不再多问一句，给他打开了城门。

他朝着弗朗西斯修道院的方向一路驰去。照亮修道院大门的夜灯,在两排丝柏中闪闪烁烁。

院长一定已经回来了,不管发生什么事,那里都有洛伦奇诺可以投入的温暖怀抱。只要走入那条两边种着丝柏的小路,拉一下挂在铁门上的门铃就行了。

但洛伦奇诺却做不到。这个年轻人望了一会儿那盏灯后,策马向北奔驰而去。

他感觉不到一丝寒冷和饥饿。

他没有想过要去特比欧山庄,也没有想过要去他自己的卡斯特罗山庄。他头脑中唯一的念头就是朝北走,去威尼斯。

只靠这身轻便服装就准备跨越被大雪覆盖的亚平宁山脉的不安,也没有让他停止这种想法。

多亏了仿佛被冻在天空中的那轮满月,年轻人才得以前行在夜晚的山中而不迷路。也许是因为开始霜降了,马匹前进时发出一种"咔嚓咔嚓"马蹄敲打地面的声音。

年轻人对身后离得越来越远的佛罗伦萨一次也没有回头看过,如雕像般的一人一马伴随着没有生气的机械动作,绕过山脊不见了身影。

# 两个马基雅维利

弗朗切斯科·韦托里是一个早上喜欢赖床的人,醒来后一般还要在床上磨蹭将近两个小时。他过了六十岁之后,虽然醒来的时间越来越早,可这个习惯却更加根深蒂固了。

一月七日的早上,请他下床的人是美第奇宫里的管家。这个人是韦托里在亚历山德罗当上公爵时就布在他身边的一颗棋子。

走进主人卧室的管家一脸苍白地汇报了今早的事。

早上,他为了服侍公爵起床打开门时,发现公爵已经在床上被杀了。他用那唯一一把自己拿着的钥匙锁上了门后,就急忙到这里来汇报了。当然关于公爵的死,别的仆人以及公爵夫人还不知情。

管家还没有说完话,韦托里就开始穿衣服。等管家一说完,就催促着他一同出了府邸,没有告诉任何人自己要去哪里。一路上,他询问了昨晚的情况。

他们从美第奇宫的后门进入，通过下人使用的楼梯走进了公爵的卧室。如管家所说，卧室的门是关着的。

房间中一丝不乱，床上躺着浑身是血的公爵尸体。通过窗外射入的阳光可以看到血迹已经变黑，昭示着这件杀人案是发生在昨晚。

在白天阳光的照射下，夜晚蜡烛下看不清的地方现在清清楚楚。韦托里机警地发现了从床上一直延续到墙边的那一串点点滴滴，他没有放过那些小血迹。

血迹延续到墙壁处就消失了。韦托里随着血迹走到墙边，试着推了一下墙，暗门发出一声轻响一下子就被推开了。暗道入口出现在他的面前。

老贵族命惊讶不已的管家拿来了插着一根蜡烛的烛台，然后走了进去。他之前完全不知道有这样一条暗道。

在烛光下可以看到尸体被拖过的痕迹，在石板上还留着几条已呈黑色的血痕。走了一段之后出现一个拐角，拐弯后再走几步路应该就是犯罪现场了，那里还有一个未干的血泊。

他跨过血泊继续朝前走，在路的尽头出现了一扇木门，一推就打开了。

在烛光的映照下，出现在他眼前的房间并不豪华，却显示出了主人极高的审美意识。打开玻璃窗内侧用于遮挡光亮和阻挡寒气的窗板，窗外正是拉鲁加大街，从街对面的房子可以判断出这个房间正位于美第奇宫的隔壁。

韦托里已经不再怀疑。他让管家把依然点着蜡烛的烛台先留在那儿，然后一起跑下楼。老贵族把这层楼的每一个房间里都查了一遍，床上并没有人睡过的痕迹。管家也把整幢房子查看了一遍，汇报说这幢房子现在空无一人。

老贵族韦托里和管家再次通过暗道返回了美第奇宫公爵的卧室。他并没有马上命人去追踪犯人的行迹，反而以非常严厉的声音对管家说：

"如今最重要的事是，至少在今晚之前，要守住公爵已死这个秘密。不管你用什么理由，说公爵因为喝得过多头痛也好，心情、身体不佳也好，总之包括公爵夫人在内不能让任何人进入公爵的房间。把门锁上，等我回来。这期间，你把那些血迹都擦掉，把公爵的遗体也清洗干净，给他换上新衣服。这些事不能假以他人之手，必须由你独自来做。"

管家点了点头，老贵族继续说道：

"你这儿有没有可以信任的，骑马骑得比较快的年轻下人？"

管家说了美第奇宫中一个马夫的名字。

"你下去把他叫上来。"

老贵族走到一脸茫然、毕恭毕敬的马夫身边，用连管家也听不到的声音小声说：

"你骑马去一趟特比欧山庄,找到柯西莫阁下,就算你在他头上套个绳索也必须得把他给我带过来,这就是你现在必须做的工作。"

年轻的马夫好像被老贵族严肃的样子镇住了,重重地点了一下头,朝着马厩跑去。

韦托里所剩的时间只有从现在到傍晚了。他经过花之圣母大教堂,穿过西格诺利亚广场,跨过老桥,一路上大脑全速运转着,他很久没有这样了。

他回到自己家后,立即在信笺上写了"十万火急,请来我家一趟"几个字,命人送去了离家五分钟左右路程的圭恰迪尼的府邸,然后才开始吃端到卧室来的早饭。

和韦托里的名字一样也叫弗朗切斯科的圭恰迪尼,比已年过六十的韦托里年轻十岁,是一位刚过五十的佛罗伦萨贵族,他在执政方面的经历甚至比韦托里更加辉煌。

马基雅维利还在世时,这二人都与他关系密切。一开始是韦托里,然后是圭恰迪尼,他们都是在文艺复兴时期有着独创见解的政治思想家马基雅维利依靠通信互诉衷肠、交换意见的好友。

韦托里性格洒脱不羁,而圭恰迪尼则举止稳重,把这两个性格完全相反之人联系在一起的正是马基雅维利。十年前马基雅维利去世之后，再次把这二人紧密捆绑在一起的则是同样祈愿祖国佛罗伦萨能永远和平下去的一片热血忠心。在美第奇家族实行的君主制统治下，这二人在暗中对佛罗伦萨依旧拥有极大的影响力。

圭恰迪尼是一个平时即使去很近的地方，也会考虑到自己的身份而打扮得体后才出门的人。韦托里刚吃完早餐，还在担心对方是否会晚到时，圭恰迪尼那魁梧的身影就出现在了他的面前，不知是不是因为圭恰迪尼在韦托里命人送去的信笺文字上嗅到了一股发生了重大事件的气息。他一到达立即就被带到了主人韦托里的书房。

在书房里，二人甚至没相互打个招呼就进入了正题。韦托里用一种完全不掺杂个人感情的语气把今早发生的事做了个简短的叙述，而圭恰迪尼则自始至终面不改色地听着。

韦托里最后说到已派人到特比欧山庄去接柯西莫时，圭恰迪尼终于开了口，口气同样也是异常冷静。

"这对我们佛罗伦萨来说真是天赐良机。"

"我也这么认为。"

"必须得把这个天赐良机尽快变成既成事实。"

"深有同感。"

"也就是说得尽早让柯西莫成为公爵。"

"值得庆幸的是，那个年轻人的资质比亚历山德罗强出百倍。当然洛伦奇诺也可以……"

"不能让一个双手已沾上了鲜血的人成为佛罗伦萨的最高统治者。"

"的确如此，洛伦奇诺已经把自己消耗殆尽了。但圭恰迪尼阁下，问题是皇帝在这件事上会怎样处理。毕竟是皇帝的女婿被杀了，如果他打着搜查犯人的旗帜组织大军发起进攻的话，那么佛罗伦萨就会完全成为西班牙的领土了。我们必须在查理五世有所行动之前，先下手为强，得让他明白佛罗伦萨团结如磐石。"

"明天一早我们就召开内阁会议吧。"

"到明天就太迟了，今晚就召开，而且得秘密召开。关于公爵的死我们不可能一直不公开，但拖到明天应该不成问题。发表完公爵已死的消息后，必须立即让柯西莫就任公爵，无论如何都得先做成既成事实。"

"洛伦奇诺那边又如何处理呢？"

"随他去吧，那个年轻人对佛罗伦萨是无害的，不，应该说是他给佛罗伦萨带来了这个天赐之福，他在这件事上是一个功臣，如果我见到他还得好好感谢一下呢。"

老贵族的口气终于恢复了平常的样子，圭恰迪尼好像也稍稍从紧张情绪中放松了一些，他用一种较亲密的语气说道：

"韦托里阁下，今夜之事具有双重意义，对佛罗伦萨来说不正是天赐良机吗？换句话说，如今正是我们佛罗伦萨名门贵族重获发言权的时机。我们可以像威尼斯共和国那样，确立由少数贵族构成的议会制。公爵之位依然可以由美第奇家族世袭，但跟威尼斯总督一样将是一个象征性的存在。柯西莫还只有十七岁，他应该会明白是因为我们替他做好了一切准备工作，他才当上的这个公爵。我觉得这是一个很好的机会。"

"圭恰迪尼阁下，那个世间鲜有的现实主义者究竟去哪儿了？虽然这句话并不是我们曾经的挚友马基雅维利所说的，但在关系到祖国存亡的关键时刻，比起其他事情难道不该最优先考虑如何维护祖国的安全和自由吗？为了这个目标，绝不能给外敌可以侵略佛罗伦萨的任何借口。我们必须以不刺激敌人的做法，来显示佛罗伦萨团结一致的决心。让美第奇家族的柯西莫继任公爵是最佳选择，在这一点上我们是一致的，但这样做也有一定的风险。"

说到这儿，韦托里停顿了一下，立即继续说：

"让那个年轻人成为公爵，即意味着把军队、城塞以及佛罗伦萨最高统治者的地位，统统都给了他。难道你准备给一个意气风发的年轻人一匹骏马，然后又在他面前画一条线，告诉他不能越过这条线吗？那么做最后一定徒劳无获。我只希望那个年轻人能实行善政，成为一名英明的君主。假如我们押的这个赌注最后无法圆我们的夙愿，也没有办法，因为对我们来说现在没有别的选择，洛伦奇诺是自己先从较量场上下来的。"

圭恰迪尼无言以对。韦托里为了振奋一下比自己年轻一代的这位同僚的士气，把手放在他的肩上平静地说：

"还有一件事需要我们二人去解决，您先别问是什么事，跟着我来就好了。"

韦托里向走进来的马可介绍了圭恰迪尼。马可从未见过他，但圭恰迪尼大名鼎鼎，十年前曾担任过教皇顾问，马可还是听说过这个名字的。马可心道原来他就是圭恰迪尼，然后微笑着跟这个高大魁梧、看上去很注重自己仪表的五十多岁的男人打了招呼，对方保持着距离回应了一下。

韦托里的语气依然如往常般洒脱不羁，不过他说的话却让马可心中一紧。

"丹多洛阁下，请现在立即带我们二人去一趟那位罗马夫人家吧。那位夫人作为您的情人在佛罗伦萨究竟干什么，我们了如指掌。我们只想拜托您做一个中间人，希望我们和她的谈话可以秘密地、相安无事地顺利完成。如果不行的话，那只有请她移驾巴杰罗监狱了。"

马可此时好像才明白这位老贵族邀请自己到他家做客的真正原因，不过事已至此，他别无选择。每次马可去奥琳皮娅家之前都会事先让仆人去通知一声，所以他请求他们这一次也让他先写一封信让仆人送过去。马可在二人面前这样写道：

"三十分钟后到。我要带你上街，所以做好外出的准备。"

韦托里是一位久经风月之人，所以立即就明白了这句话的言下之意。但圭恰迪尼好像对上街这个说辞之意不甚明了，显出一份怀疑的神色，老贵族感觉有必要跟他解释一下。

"他是让那位夫人做好即使他人来访也无碍的穿着准备。"

韦托里说完看着马可笑了。马可只能微微苦笑一下，每次他去奥琳皮娅那儿，她总是一身轻薄衣物来迎接他，看来这一点也被这个老贵族给看穿了。

虽然奥琳皮娅做好了外出的准备，但当她打开大门，看见马可身后还跟着另外两个男人时还是吃了一惊，不过她还是默默地让他们都进了门。

马可对奥琳皮娅把刚才韦托里所说的话几乎一字不差地重复了一遍。奥琳皮娅立即了解了现状。她从正面看着韦托里和圭恰迪尼二人，脸上显出一副不知二人究竟要让她做什么的表情。对奥琳皮娅开口说话的是韦托里。

"我们希望您能给皇帝发一封密报，上面就写亚历山德罗公爵发生意外，已经亡故，新公爵是柯西莫·德·美第奇。公爵夫人玛格丽特如今安全地在美第奇宫里服丧。佛罗伦萨市民一边为亡故的公爵服丧，一边全心欢迎新公爵的袭位。最后希望再加一句，皇帝陛下什么都不必担心。这就是我们想拜托您做的事。只要您为我们做了这件事，我们二人保证您可以安然无恙地从佛罗伦萨离开。"

女人写完信笺，把它交给那个沉默的高大男仆。看着仆人做好出行准备，并把信放进怀里启程之后，韦托里和圭恰迪尼才离开。

他们还要在美第奇宫迎接从特比欧山庄赶来的柯西莫，然后一起赶往市政厅，在内阁会议上正式宣布柯西莫就任公爵。这件事也如韦托里和圭恰迪尼之前计划好的那样进行得非常顺利。

马可与奥琳皮娅是和佛罗伦萨市民同时收到公爵已死以及新公爵袭位这些正式消息的，直到这时他们才了解了事情的全部真相。

在这段时间里，洛伦奇诺已经翻越了被大雪覆盖的亚平宁山脉，终于达成所愿，但也筋疲力尽。他到达了住在博洛尼亚的朋友家，一直如死人般沉沉睡着。

通过佛罗伦萨南边的罗马门，马可情不自禁地又回头望了眼这座城市。

这里真的发生了不少事啊，马可心想。

一旁骑在马上的奥琳皮娅爱恋地注视着马可，向他伸出了手。二人正在一同去往罗马的路上。

奥琳皮娅在此地的工作已经无法进行，而马可因为终于可以离开心情也不错。一直守护在奥琳皮娅身边的那个高大男仆，为了把紧急报告安全送达皇帝手中，先走了一步。因为不能让奥琳皮娅独自一人出发回罗马，所以马可就成了她的"护卫"。

这个"护卫"简直让奥琳皮娅欣喜若狂，这是她和心爱男人的第一次旅行。虽然不管他们如何悠闲，一周左右也就到达罗马了，但对这个罗马妓女来说，这是之前想都不曾想过的一份礼物。

二人骑在马上并行，女人情不自禁地问男人：

"到了罗马，你住到我家来吗？"

"人们一般是怎么叫这种男人的，是不是叫'靠老婆养活的男人'？"

"我不工作也行的。"

"等到了罗马，你也不可能过隐居生活，看来只有我当'靠老婆养活的男人'喽。这在马可·丹多洛的人生中，一定会是一段十分新奇的人生体验，我就一心一意、认认真真地做一个'靠老婆养活的男人'吧。"

听了男人的玩笑话，女人笑而不语。那也不错，只要能和自己心爱的男人住在同一屋檐下就行。

跟在犹如恩爱夫妻般二人后面的是那个从威尼斯出发就跟着马可的年轻仆人，他小心地牵着两匹驮满行李的马紧随其后。

他们一路向南而去，桃树上开满了羞红了脸的粉色桃花，此时已临近初春。

# 后来

年仅十七岁就红运当头的柯西莫·德·美第奇后来的行为,正如韦托里预言的那般令人意想不到。

得到了自由驾驭骏马机会的年轻人,开始彻底无视眼前的界线,无视圭恰迪尼那些"元老"的忠告。

当然,在1537年1月9日被任命为佛罗伦萨公国的摄政者前,他还是很听话的。

把自己当作佛罗伦萨监护者的查理五世,虽然同意了由柯西莫摄政,但并没有承认他的公爵之位。毕竟这位皇帝的女婿亚历山德罗被暗杀了,所以当柯西莫提出想娶亚历山德罗的遗孀玛格丽特为妻时,他置若罔闻。

欧洲最强君主的女儿,即使是私生子,也是一颗有很多用途的棋子。查理五世准备把这颗棋子用于与罗马教皇保罗三世秘密联手之上。玛格丽特的服丧期一结束,就被定下嫁给教皇的孙子奥塔维奥·法尔内塞大公。

圭恰迪尼原本打算把自己的女儿许配给柯西莫，但是这个刚满十八岁的年轻人连理由都没给就拒绝了。他已深谙若要在佛罗伦萨确立地位，肯定缺少不了皇帝这个后盾，但说到底这也只不过是确立地位的一个手段而已，最重要的还是他自身的力量。而他的敌人正好给了他这样一个机会。

那年的7月，各方面才能出众却唯独在决断力方面有些欠缺的菲利普·斯特罗齐，被他的儿子皮耶罗·斯特罗齐以及众多共和制的信仰者鼓动，集结了一支军队冲向佛罗伦萨边境。奋战在第一线的总指挥是他的长子皮耶罗·斯特罗齐，众多佛罗伦萨名门子弟都集结到了他的麾下。他们认为如今正是推翻还没有正式袭位公爵的柯西莫的良机，他们被重建佛罗伦萨共和制这个目标点燃了满腔热血。

韦托里和圭恰迪尼，还有马基雅维利晚年的其他年轻弟子说过，在如今的佛罗伦萨，稳定才是重中之重，但那些年轻人认为这些只不过是一些只知道维持现状的中老年人的蠢话而已，完全无视了。其间柯西莫组织了一支由外国人组成的雇佣兵军队，沿着亚平宁山脉冲向了国境线。

以"蒙特卡洛之战"一名留在历史上的这场战役，以柯西莫方压倒性的胜利而告终。只有皮耶罗·斯特罗齐免遭厄运，从佛罗伦萨来参战的大部分名门大族的子弟都成了俘虏。柯西莫以叛国罪判处他们死刑。这次起义的最终结果，就是大部分想重建佛罗伦萨共和制的男人都被柯西莫清除了。一个月之后，皇帝终于承认了柯西莫，他正式成为佛罗伦萨公爵。

因为菲利普·斯特罗齐名声显赫，要"消灭"这次暴乱的支柱人物可不是那么简单，甚至连从斯特罗齐银行借钱的皇帝也加入了救人运动，但最后还是柯西莫强硬的引渡要求占了上风。这个被带到佛罗伦萨牢狱中的欧洲大银行家也许是对等待自己的命运彻底绝望了，在1538年8月，也就是蒙特卡洛战役战败一年之后，他在牢狱之中伏剑自刎。

他的儿子皮耶罗·斯特罗齐则逃去了法国。法国国王对于兼任西班牙国王的查理五世在意大利的势力扩张正感觉芒刺在背，所以断然拒绝了柯西莫提出的引渡皮耶罗的要求。更何况，斯特罗齐银行的财力对于法国国王来说也是一大魅力所在。

之后，皮耶罗·斯特罗齐担起了在意大利反美第奇、反皇帝的大任。直到1558年的二十年间，他一直是令柯西莫胆战心惊的第一人。

而这个皮耶罗·斯特罗齐还有一个出名的地方，就是不论是战场还是哪里，他都与当时其他男人的做法不同，到哪儿都带着自己的妻子。据说他四十八岁去世时，也是躺在劳德米尔·德·美第奇的怀里走的。

后来

弗朗切斯科·韦托里是在柯西莫政权确立两年之后的1539年去世的。

而弗朗切斯科·圭恰迪尼虽然比韦托里年轻十岁,但在第二年1540年离世了。

人们都说这两人是因为不得志才郁郁而终的。公爵柯西莫因想独自把持朝政而故意疏远了带给自己机遇的两位恩人。

被迫过上隐退生活的韦托里,以撰写题为《摘要》的严肃历史随笔度过了生命中的最后两年。

圭恰迪尼正值壮年,无法像韦托里那般洒脱地面对这种隐退生活,因此整日以酒为伴。他留下了一部名为《意大利史》的历史著作。

他俩与马基雅维利一样,在忙于现实中的政治时,无法做到以与现实保持一定距离的视角来写作。行动被封禁,反而留下了思想硕果的人,其实远不止包括马基雅维利在内的这三人。

1539年,已是佛罗伦萨公爵的柯西莫迎娶隶属西班牙的那不勒斯第二把手佩德罗·托莱多大公的独生女儿伊莲诺拉为妻。二人结婚时分别是二十岁和十七岁,后来一共生育了五男四女,他们也是一直延续了约二百五十年的托斯卡纳公国美第奇家族的源头。

1539年到1569年的三十年间,柯西莫从佛罗伦萨公爵成为托斯卡纳大公，他始终身披甲胄到处征战，佛罗伦萨的领地也由此不断扩大，一直扩展到了里窝那港。如今在西格诺利亚广场矗立着的柯西莫身着铠甲骑马的青铜雕像，就是为了纪念此事而铸造。

柯西莫成为公爵之后没有继续住在面朝拉鲁加大街的美第奇宫中，被称作旧宫的市政厅成了他的住所，他的夫人伊莲诺拉也在里面有一片自己的居住区域。而柯西莫的母亲玛丽亚·萨尔维亚蒂也不方便再隐居在特比欧山庄了，毕竟她是大公的母亲。

但是不久之后，玛丽亚就开始忍受不了住在官邸的日子，柯西莫的妻子伊莲诺拉也开始各种诉苦。于是，柯西莫把阿尔诺河对岸的皮蒂宫改成了他的私宅。

关于玛丽亚后来的日子，史书少有记载，据说玛丽亚一直跟那位内向的西班牙儿媳妇性格不合，只有弗朗西斯修道院的院长会来拜访她吧。柯西莫公爵对待至亲和对其他人一样，也是冷酷严格的。

辅佐独裁君主柯西莫的不再是圭恰迪尼、韦托里这些名门贵族，而是以中产阶级出身的事务官僚为主。

柯西莫为了让这些人可以在离自己比较近的地方工作，在成为官邸的韦基奥宫旁，又改建了一条大规模的"政府机关街"，被后人称作"办公街"。

正因如此，据传下来的后话，那个展示着美第奇家族收集的艺术品,与卢浮宫博物馆、大英博物馆这些世界首屈一指的美术馆齐名的乌菲齐宫,名字就是由此而来——直译是"办公画廊"。

没有人会不承认这座乌菲齐宫中的镇馆之宝是波提切利的《维纳斯的诞生》和《春》这两幅画。

当洛伦奇诺的全部家产被没收时,这两幅名画也就成了柯西莫之物。后来美第奇家族最后的主人把收藏的所有艺术品都捐赠给了佛罗伦萨市,它们也就随之成了佛罗伦萨市的所有物。

在曾经的美第奇大公私宅,如今成为美术馆的皮蒂宫中,有一个名为"银制品展示厅"的区域,里面有一个房间展示着在《硬石器具》一章中提到的"豪华者"洛伦佐心爱的一些器皿。只有这个房间开着特别的照明灯,难道是想让现代人和洛伦奇诺一样,赏玩一下"豪华者"的"次品"吗?

至于洛伦奇诺·德·美第奇,他在博洛尼亚的朋友家如死人般沉睡了两天之后,又依靠妹妹的婆家斯特罗齐家族去到了威尼斯。

但不知为何他却并没有参与后来持续了半年左右、动摇整个斯特罗齐家族的反柯西莫军事行动。他既没有参加战斗,也丝毫没有协助总指挥菲利普·斯特罗齐的意思。

虽然整个事件都源于他出手杀死亚历山德罗，但后来无论事态如何发展他都不再参与，就好像他只是要杀死亚历山德罗，其余的事都与他无关。

他完全不理会事态的发展，先去了土耳其的首都君士坦丁堡，转了一圈之后又去了法国。他去法国也许是为了看望在蒙特卡洛战败后，跟随丈夫一起逃亡法国的妹妹劳德米尔吧。但是在那儿，他同样也没有加入妹夫皮耶罗·斯特罗齐在逃亡之地开展的反科西莫运动。

在法国待了一阵子之后，他又回到了当时对于政治流亡者有宽大精神的威尼斯。

洛伦奇诺在那儿写下了他唯一的著作《辩白》。这部作品使用了16世纪散文中最优雅的修辞手法，写作目的当然是把杀死公爵一事正当化，说他只不过是去除了一个暴君而已。整篇主旨就是亚历山德罗是一个完全没有得到佛罗伦萨市民支持的统治者。

"佛罗伦萨这座城市，是一座由市民努力建造的传统城市产物，然而亚历山德罗的独裁统治却是反传统的非合法产物。"

他还坚持亚历山德罗的独裁统治，比古罗马皇帝卡利古拉和尼禄更加疯狂，甚至说推翻他是每一个自由市民的义务。所以，对于这样一个暴君，最妥当的处理方法就是除掉他。

"我真正的目的只是让佛罗伦萨市民重获自由，杀死亚历山德罗只不过是实现这一目标的手段而已。"

关于事前他没有与任何人商量,事后立即逃亡这一点,他只说有一些无法写在这里的缘由。

"最后佛罗伦萨没能重获自由,并不是因为我杀死了暴君,这个责任完全在于没有好好利用这个良机,继续拥立新的独裁者统治市民。而且,人们还在不知不觉中浪费了宝贵时间,在最重要的那场战争中战败,那些亡命天涯的拥护共和制的佛罗伦萨市民,也有着不可推卸的责任。"

可以说这就是这本《辩白》的主旨了。

后世的浪漫主义者完全接受了这份辩白,再考虑到当时执行这个行动时洛伦奇诺是那么年轻,于是他们把洛伦奇诺推崇为自由骑士。

然而,洛伦奇诺还是没有好好过完他在威尼斯的流亡生活。

1548年2月26日,正好在亚历山德罗被杀后的第十一个年头的冬天,洛伦奇诺被柯西莫派去的刺客暗杀身亡。对于以彻底除掉绊脚石为原则的柯西莫而言,即使洛伦奇诺没有参与任何具体的反柯西莫运动,他也始终是一个碍眼之人吧。

洛伦奇诺·德·美第奇,在他三十三岁的那个冬天死去,没有妻子也没有孩子。

想写这个洛伦奇诺的并不只有浪漫主义小说家，文艺复兴的源头佛罗伦萨历经种种，最后变成一个绝对君主制国家的这最后一环，就是亚历山德罗公爵的被杀事件，研究者是绕不过这件事的。

然而，在他们的笔下，关于这件事总让人感到是那么犹豫不决，因为他们始终无法猜出洛伦奇诺的"动机"到底是什么，他究竟是想要获得什么才会去做这件事。也许学者们不允许自己凭借想象去写作，所以无法写下史书上没有记载的内容吧。

即使如此，当今国际上权威的历史学家，海德堡大学的冯·阿尔贝蒂尼教授如是说：

"我认为洛伦奇诺的暗杀行为主要出于个人动机。"

出于对叛逆者的处罚，美第奇宫旁边的洛伦奇诺的府邸被彻底推倒了，而那条暗道也就随之销毁了。

# 图片来源

**插页**

乌菲齐宫藏(佛罗伦萨)©Peter Barritt / Alamy Stock Photo

花之圣母大教堂的穹顶(由菲利普·伯鲁涅列斯基设计)©JOHN KELLERMAN / Alamy Stock Photo

朱利奥·博里诺绘,个人收藏

斯特凡诺·邦西尼奥利绘,帕佐拉·韦基奥藏(佛罗伦萨)

乌菲齐宫藏(佛罗伦萨)©World History Archive /Alamy Stock Photo

乌菲齐宫藏（佛罗伦萨）©PAINTING / Alamy Stock Photo

圣马利亚·诺维拉教堂藏 ©The Picture Art Collection / Alamy Stock Photo

圣马利亚·诺维拉教堂藏 ©Luis Emilio Villegas Amador / Alamy Stock Photo

圣马利亚·诺维拉教堂藏 ©Peter Barritt / Alamy Stock Photo

乌菲齐宫藏（佛罗伦萨）©World History Archive /Alamy Stock Photo

乌菲齐宫藏（佛罗伦萨）©chassicpaintings / Alamy Stock Photo

乌菲齐宫藏（佛罗伦萨）©Art Heritage / Alamy Stock Photo

札托伊斯基美术馆藏（波兰 克拉科夫）©FineArt /Alamy Stock Photo

卢浮宫藏（巴黎）©ART Collection / Alamy Stock Photo

温莎城堡皇家图书馆藏（伦敦）©Universal Images Group North

America LLC / Alamy Stock Photo

同上 ©Keith Corrigan / Alamy Stock Photo

©CITTÀ METROPOLITANA DI FIRENZE

©Clearview / Alamy Stock Photo

佛罗伦萨美术学院藏 ©Brian Lawrence / Alamy Stock Photo

**正文**

《马基雅维利》，蒂托·孔蒂绘，帕佐拉·韦基奥藏 ©GL Archive / Alamy Stock Photo

《列奥纳多·达·芬奇》，都灵皇家图书馆藏 ©Science History Images / Alamy Stock Photo